深夜曲馬団《ミッドナイト・サーカス》

新装版

大沢在昌

角川文庫
21941

目次

鏡の顔

1

ドイツ製の車は広尾と六本木を結ぶ交差点を越え、青山墓地を一気に通過した。初夏の陽《ひ》が並木の葉を射抜き、シルバーの車体で反射する。前日の雨がアスファルトに黒く沈んだ細い道をサードで駆けぬける、その輝きを美しいと感じる者なら、その車の価値を認めるかもしれない。車名は誰《だれ》でも知っている。そして、数字で表わされる性能についても、大多数は具体的な数字を思いうかべることができなくとも知ってはいる。

万一、車とそれが持つパワーに魅力を感じている者ならば、彼らはタイヤを見、車に備えられた付属品を見る。次に興味を抱くのは、自分とその車の距離である。空間的な意味ではない。時間的、あるいは経済的な距離である。そして、それに関する結論が彼の頭で出た頃《ころ》、当の車はそこから遥《はる》か空間的な距離をひろげている。

運転者に興味を感じている暇はない。

そのポルシェは南青山の小さく茶色い建物の地下にすべりこんだ。

ポルシェの運転者は、地下の駐車場でその技術をかいま見せた。尤《もっと》も、見ている者はない。大胆さと繊細さを兼ね備えた動きを車は示し、ぎりぎりのスペースに入りこんだ。そうやって止められた車は、駐車状態を見ても実にさりげない。実際、技術の未熟な者が同じ位置に同じサイズの車をはめこもうと試みて初めて、その技術を知ることになる。

白のTシャツにコーデュロイの細身のパンツ、表側は赤のリバーシブルのスイングトップを左脇《わき》にかかえた男が降りた。

やわらかそうな髪はそう長くない。だがきちんと整えられておらず、額に下がった前髪が不自然だった。十分な睡眠を得ていない目は赤く充血し、黒い隈《くま》がふちどっている。額からつながった鼻梁《びりょう》は形よく盛りあがり、結んだ口元から両頰《ほほ》にかけてびっしりとヒゲがのびていた。

一週間近く、髪を整えることも顔をあたることもできない厳しい状態に置かれていたかのようだ。男はロックせずにドアを閉めると駐車場のエレベーターにむかった。

足取りは決して軽くはない。しかし無駄のない動きだった。

背はそれほど高くはない。それだけが男の疲労した雰囲気に不釣合な、汚れのない真っ白のTシャツに包まれた上半身には贅肉《ぜいにく》を示すふくらみはなかった。

箱の中に乗りこんだ男は目的階のボタンに触れ背後によりかかった。目を閉じた男を乗せる箱は、心地よい機械音を立てて上昇した。

扉が開くと、男はひっそりとした廊下に歩み出した。赤褐色のカーペットと鉢植えが彼を迎える。廊下の左右には二つずつしか扉はない。そして真正面にひとつ。

そこに向かって歩きながら、男はスイングトップのポケットを探《さぐ》った。爪《つめ》の根元まで日焼けした指が平たいキイを取り出す。ホルダーのないそのキイには部屋の使用者の個性を感じさせるものは何もなかった。

扉の前で立ち止まると男は白いスティールの板を上から下まで見つめた。それが仕事のような、慣れた、それでいて油断のない目つきだった。

キイをさしこむ。カチリ、と音をたてて錠がはずれた。

部屋の中は白かった。

壁もカーペットも白で統一され、ブラインドからさしこむ昼下りの光線が乱反射している。男は窓に歩み寄ると、ブラインドの羽を押しひろげ、細めた目で建物の周囲を見おろした。指を抜くとブラインドを操作し、閉じる。それから窓辺におかれた観葉植物の葉に、そっと触れた。

白い部屋の中央に、ガラステーブル、幾つかのソファ、そして籐《とう》の寝椅子《ねいす》があった。真横には、二百枚近いレコードをおさめたラックとオーディオコンポーネント。男はリビング・ルームから別の部屋につながっている扉に目を向けた。そこで待つものを考え、わずかに躊躇《ちゅうちょ》したが、ステレオに歩み寄った。コンポーネントのパワー・スイッチを押すと、パネルに灯《あか》りがともる。ラックからカセットテープを一本取り出しデッキに装着した。

トランペットがスピーカーから這《は》い出すと、男は肩の力を抜き、かすかにほほえんだ。

スイングトップを床に落とした。籐椅子に腰をおろし、両掌《りょうて》で顔を包み、動かなかった。しばらくすると体をのばした。

倒された背もたれに彼が横たわったとき、籐椅子は初めてきしんだ。目を閉じ、深呼吸をする。彼にとって、時の流れは曲の流れだった。まぶたの奥に届かぬ日の光は、ブラインドの向こうで徐々に赤味を帯びる。

玄関の扉がゆっくりと開いた。音はなかったが、男は気配を感じた。まぶたが震えた。濃紺のローブで体を包んだ長身の女が後ろ手で注意深く扉を閉める。ひめやかに、男の意識を乱さぬよう部屋の中に入りこんだ。

女は男から視線をそらさなかった。大きな瞳《ひとみ》に暖かさが満ち、口元に優しい笑みがのぞいている。

入口で女はスリッパからそっと足を抜き、素足でカーペットを踏んだ。白地に朱色のペディキュアが浮かぶ。

男の頭の背後まで来て、女は足を止めた。今ではその心地良い香りで、男は女の位置を感じていたが、目を開かなかった。

女はわずかの間、ヒゲに被《おお》われたひきしまった面を見おろしていた。それから右手で自分の髪を額の上にかきあげ、おさえたまま腰をかがめた。

唇がふれあう。

男が目を開き、二人は一瞬見つめあった。男の手が女の頰をそっと押しやった。

「鍵《かぎ》をかけなかったのね」

女は笑みを浮かべた。しっとりと湿《しめ》りけを帯びた低い声だった。低く甘い。

「君が来ると思った」

「鍵をかけなかったのは、あなたが帰ったときにわかったわ」

「面倒だった……」

「私じゃない、別の人が来ても？」

「おそらく」

「お帰りなさい」

女は息を抜いた。

男は返事の代わりに目を閉じた。

「なにか欲しいもの、ある？」

目を開いた男はまぶしげに女を見つめた。女は笑みを浮かべたまま訊《き》いた。

「一週間、十日？」

「わからない。しかし長かった。今度は。だんだん、長くなる。俺《おれ》には……」

「わたしもよ。独りでいたい？」

「しばらくは」

女は頷《うなず》いた。

「いいわ、電話して」

ドアに向けて踵《きびす》を返した。男はそれを見送っていた。

女はノブに手をかけると、くるりと振り向いた。自分の魅力を知る効果的な身のこなしだった。

「ずっと、あなたが欲しかった」

男は頷いた。ゆっくりと、女の言葉をかみしめ、自分の気持も表わして。

女は見届け、部屋を出ていった。

ドアが閉じると男は吐息をもらした。女の出現が音楽を遠くにおしやっていた。今また帰ってくる。

男は考えるような眼差《まなざ》しを宙にむけた。それから床のスイングトップを拾いあげる。

ポケットから煙草《たばこ》の箱とライターをとりだした。ライターの炎をじっとのぞきこみ、ゆれる中で煙草に火をつけた。

ライターの蓋《ふた》が閉じる、パチリという音と共に彼は起き上がった。煙を空中に残し、入口の扉まで行くと、鍵をかけた。浴室に向かい、腕と同様、日焼けしたたくましい体から身につけていたものすべてを脱ぎすてた。

煙草をくわえたまま、シャワーの下に立った。蛇口を見上げると薄く笑った。

そして大きくひと吸いして、コックをひねった。吹き出した熱い湯が煙草を消し、やがて唇から煙草そのものをもぎとった。

浴室を出た男は大きなタオルでざっと体をぬぐうと、全裸でリビング・ルームをよぎった。濡《ぬ》れた髪から肩に滴《しずく》が落ちる。

セミダブルのベッドとスタンドが置かれた、もうひとつの部屋に男は入った。

無表情の男の顔から緊張だけが抜け落ちていた。ベッドのわきには小さな冷蔵庫がすえつけてある。男はベッドに腰をおろすと、冷蔵庫からビールの小壜《こびん》をとり出した。キャップを指でひねって外す。

ビールをひと口飲んだとき冷蔵庫の上の電話が鳴った。

男はまばたきをした。ベッドのヘッドボードに組み込まれた時計を見、受話器をとった。

「…………」

男はずっと耳を傾けていた。やがてひとことだけ答えた。

「殺した」

「…………」

「いつもの通りだ。二発」

電話が切れた。受話器をおろした男は、電話をつかんだ。冷蔵庫の扉を開け、中にしまいこむ。

もうひと口でビールを飲み干すと、ベッドの上に仰向けになった。目を見開き、天井を見つめる。さえていた神経がゆるみ、満たされなかった眠りが訪れるまで、男はじっとそうして横たわっていた。

2

「きついね」

ひと言だけを首と肩にはさんだ受話器に送りこみ、沢原は両切りのピースをホイールキャップの灰皿に押しこんだ。相手の言葉に耳を傾けながら、立ち昇る、燃えさしの煙を目で追っている。

「いや、書きたいことはたくさんあるんだ。だが、適当な被写体がいない。捜しちゃいるよ、だけど……うん、うん」

ニコチンで黄色く染まった指が、濃紺の缶から一本つまみ出す。

「わかった。明後日《あさって》まで頑張るよ、いや、いらない。一人の方がいいんだ。ただね、適当なおっさんなり、お姐《ねえ》さんをパチリと収めて、それで話をこじつけるのは嫌なんだ。こっちはプロのカメラマンでもなけりゃ作家でもない。だからきちっとした……OK、わかった。電話します、はい、わざわざどうも」

沢原は電話を切ると、デスクの上にライターを捜した。灰皿、メモ、地図、原稿用紙の束、ペン、コーヒー・カップ、辞書の類いの重なりあった上で、どうしても見つからない。

「ええいっ」

乱暴にデスクのひきだしを引くと、そこには三十個以上のライターが並んでいる。そのうちのひとつに手をのばすと、くわえた煙草に火をつけた。そのまま机の前を離れ、ぶらりと浴室に入った。無精ヒゲがのびた顔を、咳《せき》こみながら、鏡にのぞきこむ。

目尻《めじり》の皺《しわ》、口元、全体に柔和な雰囲気を漂わす面立《おもだ》ちだが、目だけが落ち着いていてどんな表情のときも冴《さ》えた光が満ちている。

「笑ったときが一番恐い」と、若者に人気のある女性シンガーソングライターが対談ののちにその顔を評した。

人に対する時の態度はいつも剽軽《ひょうきん》で、考えを悟らせない。幾つもの職業を経て、フォトライターという独特の肩書きを得た男らしい。街頭で自分の感じた人間の顔、あるいは姿を一枚だけ撮り、短い創作を加えて載せる。「モダニズム」という週刊誌で、彼のコーナーは三年近く連載され、人気を得ている。

しかし、文章があくまでも創作であるため、題材にされた被写体から抗議を受けることは始終あった。「モダニズム」の編集長は硬派で、騒ぎは常に、どうしようもなく大きくなるか、相手が泣き寝入りするかのどちらかである。

にもかかわらず、連載は続いている。

暖かい生き物が、素足の踝《くるぶし》にじゃれつき、沢原は抱え上げた。

「よし、腹が減ったのかマロイ、食わせてやる。ちょっと待て」

浴室を出ると、他の部屋に続くドアを押した。住居兼仕事部屋には、沢原と一匹の猫の他には誰も住んではいない。

カーテンを開いたリビングは真っ暗だった。朝食を昼過ぎに外で摂《と》り、帰ってきてからは机の前にすわりっぱなしだった。

沢原は体を屈伸させた。腰をひねると、背骨が鳴る。

「何時だ、一体」

灯りのスイッチをいれると、書架においた水晶時計をのぞいた。書斎にはいっさい時計を置かないのが、沢原の主義だった。

「よし、わかった。媚《こ》びるなよ、お前ダラクしたぞ」

時刻は八時二十分だった。沢原は猫を再び抱き上げ、キッチンに入った。

グリーンの、独身者用にしては巨大な冷蔵庫から二つの缶を取り出す。ひとつはキャットフード、ひとつはビールだ。

マロイと呼んでいる猫の愛用の皿に中味をあけ、わずかに温めるため電子レンジに入れた。雑種で、文字通り迷い子であったのを拾ってきたのだ。

キッチンテーブルに尻をのせると、皿が温まるのを待つ間、ビールを口に運んだ。レンジがベルを鳴らすと、素手で皿を取り出し中味にパック詰の鰹節《かつおぶし》をふりかける。

奇妙な元野良猫は、こうしなければどんなに高価なキャットフードにも見向きもしない。

猫が皿に首をつっこむのを見届けると、沢原は浴室に戻った。

蛍光灯のせいか顔色が悪い。くたびれたオクスフォードのボタンダウンにコットン・パンツ、三十半ばを過ぎているが、格好と雰囲気で、いつも年より五歳は若く見られる。

ブラウンシンクロンのスイッチを入れ、顎《あご》に当てた。ローションやパウダーはつけない。剃《そ》った後、水で洗うとタオルでふき、髪を手でなでた。

「もう少し陽に当たった方がいい男になるな」

物を書くようになってから独り言の癖がついた。

空になったアルミ缶を屑籠《くずかご》に投げこむと寝室に入りシャツとスラックスを脱いだ。白のポロと青のスラックスをはき、木綿の靴下に足を通した。セミダブルのベッドのヘッドボードは戸棚になっている。戸を開けると、四機のカメラがあった。

メカニズムには弱くないが、こだわるのはあまり好きではない。操作が簡単でしかも機能的な種類を選んで置いてある。沢原は一機をつかみ、さほど大きくない革のショルダーバッグに入れた。

肩に吊《つ》るして寝室を出ると、リビングに戻る。スタンドを置いたサイドテーブルの上にキイホルダー、マネークリップ、煙草の箱などが置かれていた。

それらをザラザラと手にすくい、キッチンを振り返った。マロイは皿にしがみついて目もくれない。口元に微笑が浮かんだ。

「冷たいやっちゃの……」

スニーカーをつっかける。

沢原の住むマンションの向かいに、レコード会社のビルがあり、地下がレストラン・バーになっていた。値段は決して安くないが、近さと通い慣れた気安さから殆《ほと》んど毎日のように、沢原は姿を見せる。

場所は青山と原宿の、ちょうど中間あたりだった。一点の曇りも許さぬ、総面ガラスの装いが、むしろ地味であたり前の印象を与えるビル群のひとつだ。地階に続く階段は、若者達がさもわざとらしげに吹かすエンジン音が轟《とどろ》くメインストリートに面しているが、店の看板は建物のわきに縦《たて》にならんだ列の下端《したはし》に出ているにすぎない。

階段を下りきったところに大きなはめ殺しの板ガラスがある。知らぬ者はそこを入口だと勘ちがいして、床を踏んづけたり、押したり引いたりするものだ。

ガラスの向こうは、スタンドの灯りがぼんやりと点《とも》る暗い店内だから、鏡のようにも見える。入口は、実はその板ガラスのわきの小さな木製の扉である。

沢原は階段を下りきるたびにガラスに影となって映る自分の姿と向かいあい、嫌味《いやみ》な店だと思う。客の姿を映すガラスをではない、入口をさもさりげなさげに、目立たず造ったところをだ。

「ジョーカーズ」という店名が木の扉に、筆記体で浮き彫りにされている。

「今晩は」

扉を押すと、キャッシャーの娘に声をかけた。相手が彼に気づき、媚《こ》びを含んだ笑みを浮かべる。

「いらっしゃいませ」

沢原は大股《おおまた》でカウンターに歩いていった。入口からは想像できない広い店内は毛脚の長いカーペットで被《おお》われ、広い間隔で置かれたボックスの間を、白いお仕着せをまとったボーイがトレイを手に音をたてずに動き回っている。時間が早いせいか、カウンターに客の姿はなかった。

「おはよう」

磨いていたグラスを置き、カウンターの中をすべってきたバーテンに沢原はいった。

四十を幾つか過ぎていると思われるバーテンは、薄い頭髪を後ろになでつけ、赤のチェックのヴェストにバタフライといういでたちで、沢原の言葉に慇懃《いんぎん》な笑みを見せる。

「先ほどは、今晩はと、おっしゃっていらした御様子ですが」

「そう。キャッシャーの明美ちゃんは若者だからね、今晩は。海千山千のヴェテラン、沼野さんにはお早うさ。あんたにとっては夜はこれから、だろ」

「沢原さんにはどうなんです」

メニューをさしだしたボーイが訊《たず》ねた。二十三、四の若者でよく日に焼けている。

「俺？　俺ときた日にゃ夜昼ないね。サーフィンをやることもなけりゃ、車をぶっ飛ばすことも、浴びるほど酒をかっくらうこともない」

「お忙しいようで」

沼野がいった。磨いたグラスをカウンターに広げたナプキンに並べる。

「いいや、大したことはない。量はね」

沢原は首を振った。

「ただやる気がないだけさ。いつもと同じだ、変わらない」

「いつものでよろしゅうございますか」

それには答えず、沼野は訊ねた。

「うん」

苦笑いをうかべて沢原が頷くと、バーボンのオンザロックが目の前におかれた。

それをひと口すすり、メニューを手にとる。カウンターの端に立っていたボーイが進み出た。

「俺、仔牛でいいや。固くしないで」

「かしこまりました」

「それからライス大盛りで」

「はい」

溜息《ためいき》を吐くと、グラスを手にとり椅子にもたれこんだ。煙草の箱を手でもてあそぶ。

すべてがこの箱と同じく、見慣れ、飽き飽きする存在となっている。仕事が、生活が不変のくりかえしとも思える。

フォトライターとしてこの三年、日本各地、世界の何ヵ所か旅をしてきた。今、沢原のレーダーは錆《さび》つき、鈍化している。かつて、カメラを持ち、初めて街に出たとき、そこを行く人々を、その流れを、あるいはその一人を捉《とら》えるだけで、沢原にはたちどころに何篇《なんべん》ものストーリーが生まれたものだった。

もう鈍り、枯れたのか。

ちがう筈《はず》だ。たとえパッケージに飽きようと、他の煙草を吸う気になれぬのと同じように、仕事を変えようという気にならぬ限り見出《みいだ》す物は何かある。

沢原は決してインドアタイプの消極的な人間ではない。今まで経てきた職業の中にはデスクワークとは一片のつながりさえ持たぬもののもあった。

スポーツもこなし、体力には未だ自信がある。ただ、今はやろうという気持が起きない。クラブは部屋の隅でバッグごと埃《ほこり》をかぶり、ラケットは日本全国でブームが高まった頃から握ってはいない。ガットを張りかえなければ使いものにはならないだろう。スキューバダイヴィングのマスクには錆が浮き出てきている。

カメラと己の感性を頼りに、沢原が街で狩ったのは、独りの瞬間の人間であった。

眠り、食らい、飲む。歩き、走り、佇《たたず》む、その姿に、むきだしの独りを求めた。

働き、遊ぶ。

女と暮らし、離れたこともある。カーペットの上に残された白い家具の跡に、センチメンタルになることはなかった。ただ、そういう形でさえ、何かを残さずに去れなかった相手に漠然《ばくぜん》とした怒りを感じただけだ。

今街に出ても、自分の視線をはね返して、像《え》として写る人間の存在に自信がなかった。薄っぺらで芝居の書割りのように、射抜けてしまう。射抜いたあげく、向こう側にある建物に当たるだけだ。姿として残るのは、街しかない。

街は舞台でしかない。演者は生きている人間でなければならない。観客席の中央に、沢原はいなくてはならない。

沢原はもともと文学青年あがりではない。ただ傍観者の立場に立って、第三者を観察するのが好きなのだった。彼がなりたかったのは伝記作家である。

自分は後ろに退《さが》りすぎた。

沢原は思った。胸裡《きょうり》を吐き出す友人もなく、心身を添える相手もいない、それゆえに観客席の後部に退いていたのだ。

いつか人間の存在に興味を失い始めるであろう、それが沢原は恐ろしかった。

そうならぬためには舞台にもう一度近づくしかない。彼の手元には、この世のすべてを映すというジャムの酒盃《しゅはい》などありはしないのだから。

3

男は寝がえりをうつと目を開いた。

寝室の暗く閉ざされた空間に視点をすえようと努力しているようだ。

何かが彼の眠りをさまたげた。彼はベッドに横たわったまま、身動きせずそれが何であったのかを考えた。

寝室にも、他の部屋にも人の気配は感じられない。

それがなければ、彼はあと数時間は、少なくとも眠り続けただろう。それが、ただ何であるかは彼にはわからなかった。

夢だったのか。

男はヘッドボードの時計に目を向けた。

午前零時を数分まわっていた。

目を閉じて、再び眠る努力をする気持は、男にはなかった。膝《ひざ》を曲げ、体を半回転させると、床を踏んだ。

冷蔵庫の扉を開く。

あたかもそこで飽和していたかのごとく流れ出た庫内の光に、思わず目をそむけた。

そむけた瞬間、男は自分が目覚めた理由を思い出していた。

顔だ。

男は夢の中で顔を見たのだ。その顔から目をそらそうとして、いつか眠りの枠《わく》外にはみ出してしまったのだ。

冷蔵庫のビール壜にのびた手が途中で止まった。

スタンドを点《とも》し、庫内の電話機をとり出す。受話器をつかみ、ボタンを押した。

「…………」

「起きていたかい」

男は相手に訊《たず》ねた。相手の返事を得ると、彼は続けた。

「何か、食べるものがあるといいのだが」

「…………」

「そう。では食べに行くしかないな。うん、待っている」

受話器をおろした。

リビング・ルームに出ていった男は、部屋の境で、パワーが入ったままのオーディオコンポーネントを見つめた。

パネルランプが、灰色に色を沈めたカーペットの海に黄色い四角形の光を投げかけ、そこだけが小島のようにうかんでいる。

ドアの錠を解き、窓に向かうと、ブラインドに指をさしこみ表をのぞいた。

外の世界が、昼間とはまったくちがった意味で輝いていた。防音効果の高いアルミサッシのはるか下方で、生きる者の存在が、音をたてることない蠢《うごめ》きとして彼の目にうつった。

男の背後で扉が開き、夕方訪れた女が姿を現わした。赤のワンピースを身につけ、素足に踵《かかと》の高いサンダルをはいている。

男は振りむかずに、窓の下を見おろしたままでいた。

その裸の背に、女の細い人さし指が触れた。薄闇の中の、黒くひきしまった筋肉のもりあがりを、赤いマニキュアを施した爪先がそっとなぞる。

しばらく男は動かず、女も指先だけで男の肉体に接していた。

やがて男がブラインドの羽から指をはずしてふりむくと、女の接触が全裸の男に力を与えていた。

女はそれを見、男の顔を見上げた。かすかにはにかんだような喜びの色が女の顔にうかんでいた。指のせいで広がった羽からさしこむ光が、その顔に走査線のような明暗をつくる。

女は左手に持っていた小さなバッグを床におろし、跪《ひざまず》いた。

男の変化が女の目前にあった。女はもう一度男の顔を見上げると、手を使わずにそれに唇をあて、暖かい頰の内側に包みこんだ。

男の肉体が頂点に達する。その瞬間まで二人はひとことも口をきかず、姿勢を変えなかった。

女が男の放った生命を飲み下すと、ようやく二人は体を動かした。

まず女がバッグからハンケチを出し、男の体をぬぐい、次に唇にあてた。上気した頰で、愛《いと》おしげにする、その順序が女の気持を表わしていた。

「出かける?」

女がバッグにハンケチを仕舞うと、訊いた。男は頷き、彼女をそこに残して寝室に戻った。出てきたときは、白いシャツに、明るいグレイのスラックス、黒の革靴を身につけていた。二人はそれ以上言葉もかわさず、体も寄せなかった。

ただ、女が入口を出るとき、男が開いたドアを腕で支えた。女は無言で、男の顔を見つめすり抜けた。

エレベーターで地下駐車場に降りた二人が歩み寄ったのは、黒の二八〇Zだった。女がバッグからキイを取り出し、ドアを開いた。

運転席にするりとすべりこんだ彼女は、助手席のロックを解いた。男が隣にすわると、イグニションを回す。

「あなたが出かけたくないことは、わかっているの」

ハンドルを大きく左に回しながら、女はいった。男はシートに背をあずけ、訊ねた。

「どうして」

「仕事のあとだから」

何かいいかけた男を制するように続けた。

「わたしがあなたのお話を聞くのはいつも、仕事が終わったあとの最初の食事、そのときだけよ。それ以外は訊かないし、知ろうとも思わない。ただ、こんなに早くあなたが目覚めると思わなかったの、御免なさい」

フェアレディZは、排気音を吐きながら、夜の道の光の流れに加わった。車が地上に出ると同時に、男は目を閉じていた。

「いいんだ」

男は短くいった。

「何か食べたい？」

「何でもいい。ただ、あまり人のいないところがいい」

「個室のある中国料理屋を知ってるわ。ここからそれほど遠くないし」

無言が男の返事だった。女は男の眼を閉じた顔を横目で見た。男の顎《あご》がかすかに頷いた。

黄色から赤に目前の信号が変わりかけていた。女の左手が力強く動き、車はシフトダウン、加速で交差点を右折した。

ソ連大使館の近くの小路に女は駐車した。エンジン、ライトが切れると、男は初めて目を開いた。つかのま、放心したようにフロントグラスの果てに目を向けていたが、女がドアを開く音に促されて車を降りた。

沢原は盛り場の中にいた。

ウィークデイの深夜だったが、疲れを知らぬ若者が、欲望に止《とど》めを知らぬ男達が、女達が街には溢《あふ》れていた。

アルコールとニコチンの混じった人いきれ、二重駐車で客を待つタクシー群が吐き出す排気ガス、そして香水と汗がかもす猥雑《わいざつ》な空気を、沢原は好きだった。十代の半ばから、未だ店の少なかったこの街で遊んできた。

酒を飲み、女を抱き、しかもその行為だけに埋没すればどうなるかも、この街で知ったのだ。二十代後半にさしかかるまで、彼にとって街は特別の存在だった。

例《たと》えるなら、夜店で売られるブリキ細工の玩具である。単純に、走る、あるいは浮かぶだけの動きをくりかえしながらも、薄っぺらでチャチな造りのどこにそんな細工が施されているのか、仕掛けを知り飽きてしまうまで、それは信じられぬほど不思議で、手に入れることができた自分の幸運をかみしめ、愛《いと》おしく思える存在となる。

同年代の男達が、その「夢」に飽き、卒業していってもなお、沢原は街に出かけた。

女達が、つかのまの充実感が、街に出ることによって得られると信じた。

街に行き、音楽と声高のやりとりの騒音に身を浸している限り、幸運を摑《つか》むチャンスは平等にあった。

育ちや、札びらや、高価な車をひけらかすことができなくとも、安手の冒険を求める娘には事欠かなかった。虚無とか、偽りという言葉は彼には無縁だった。

一夜だけであろうと、パートナーと夜の酔いに身を沈める瞬間、沢原は幸福だった。

しかし今、彼の目前を肩を組み、笑顔で歩いてゆく若者達はその頃の彼とはあきらかに違っている。

欲望を感じない。満たされている。それゆえ、街を意に介していない。

代わりに沢原が感ずるのは、街頭でチャチな細工物を売る、薄汚れた連中の欲望だ。懸命にノルマを果たそうと、新装のディスコにアベックを引っぱる呼びこみの若者の、切なくしかし倦怠《けんたい》した甘えだ。

遊ぼうと、夜を謳歌《おうか》するエネルギーではない。ただ儲《もう》けだけにいそしむ商売人のエネルギーだ。

街が変わったのか、その街で出会う者が変わったのか。それとも、見る眼が変わったのか。

沢原は東京中、日本中で最も喧騒《けんそう》を極めた、夜の地点に立ちながら孤立していた。

無論、そこには撮るべきものは何もなかった。

男の歩みは、母親に連れられた幼児のものだった。決して、目を前に向けることはしなかった。女の後ろを、その脚元だけを見つめて歩いていった。

それは見る者には滑稽《こっけい》なコンビだった。

背も高く、人目を惹《ひ》きつけずにはおかない美しい女と、日に焼けたたくましい男。二人は似合いのカップルの筈が、間違って親子に生まれたかのようだ。

それでも店内に入ってからは、男はさりげなく振舞っていた。ただ、絶対に人の顔を見ようとはしない。

暗い料理店の、人影の少ない赤褐色のフロアを横切るときは、女の背だけを見つめていた。案内のボーイの顔も、片隅で黙々と飢えを満たしている客の顔にも、一切、目を向けなかった。

閉ざされた小さな部屋に入り、円卓を囲むようにすわると女が口を開いた。

「恐《こわ》い？」

揶揄《やゆ》ではなく心配の響きがあった。男は円卓の上で組んだ拳《こぶし》から女に目を移した。眩《まぶ》しげに眉根《まゆね》を寄せた額には汗がうかんでいる。

男は頷いた。

「仕事をした日は特にそうだ。だんだんひどくなる。おそらく、もうあと一、二度で俺は使いものにならなくなる」

女は無言で男の面《おもて》を見つめていた。男の瞳《ひとみ》に脅《おび》えはない。しかし透明なあきらめがあった。

「そうしたらやめる？」

「他はないな。簡単にやめることができるとは思えないが……」

一枚目の皿が運びこまれた。ボーイが料理を皿にとりわける間、男は点《とも》した煙草の火先だけを見つめていた。

中国茶の入った蛍焼《ほたるやき》を女の手がそっと押しやった。ボーイが去り、扉が閉じた。男は象牙《ぞうげ》に似せた箸《はし》で料理を口に運んだ。

咀嚼《そしやく》を止めていった。

「入りこんできてるんだ、奴等《やつら》が。俺の生活に。うまくこなしているうちは違った。だが気づかれている。俺が恐がっているのを」

「まさか」

女は箸を中途で止めた。

「本当だ。仕事の後で、奴等の顔を俺が見ないことに気づいた人間がいるんだ。顔が恐いなんてことを、最初は誰も信じなかったろうに、今は奴等が皆、知っている」

女はじっと男を見つめていた。

「殺せば、殺すほど似た人間を見る機会が多くなる。照準の中で捕えた顔とそっくりの奴を街で見る。雑誌を開くと、何気ない背景に写ってる。まさかと思う――勿論《もちろん》、違う人間だ。だが俺は恐いよ、自分が殺した人間と、似た顔を見るのが」

「わからないけど信じるわ」

口元に持っていった蛍焼をおろして女はいった。

「あなたが人殺しを仕事にしてるなんて、私、最初信じられなかった。次にそれを信じたときに、信じられなかったのは、あなたが私を殺さなかったことよ。でも、今はあなたのいうことは皆んな信じるわ」

「君のことは誰も知らない。奴等のうちの誰かが知れば君は終《しま》いだ。俺も……終いだ」

女は微笑《ほほえ》んだ。

「恐くないわ、私は。モデルをやってきて、もっと恐ろしい女の世界を見てきたのだもの」

「馬鹿《ばか》な――」

弱い調子で男がいいかけた。

二番目の料理が運びこまれた。男は口をつぐみ、料理を手元に引き寄せた。

男にとって、女は懺悔《ざんげ》を聞く牧師だった。

男は一本の電話で、指定された場所に行く。そこには、仲間とは呼べない、連絡係が待っていて、道具と標的に関する指示を与える。指示を受けた時点で、男には隠れ家が用意される。隠れ家は常に変わる。そこで、男は数日間計画を練り、連絡係がもたらす標的の情報を元に実行に移す。そしてまた、隠れ家で数日を過す。連絡係が、安全だという情報を組織から得て初めて、男は報酬と共に解かれる。

男はフリーランサーではない。組織の無言の規約に縛られている。秘密保持も男の義務だ。

しかし、男は常に一度だけ、組織から放たれて最初に女に会ったとき、仕事の内容を話してきた。どんな人間を、どこで、いかなる方法で殺してきたかを。

男は殺し屋だった。

4

沢原にとって酔いに溺《おぼ》れることは簡単だった。古くから残っている数少ない酒場の、どこでもいいどれか一軒に入り、他の客が目に入らぬ位置でグラスを重ねれば良いだけの話だった。沢原がそれをしなかったのは、ひとつには自分に対する意地であり、ひとつにはかすかに残された、確信などない希望のためだった。

街に期待し、街に棲《す》む物に裏切られた沢原は、その夜ついに一度もシャッターを押さずじまいだった。自分の意地を、プロ意識がねじふせかけていた。編集部が付けようといった、若い編集者を断わったことに対する後悔だ。第三者が来れば、それなりにまとまったものを作れるだろうという自信はあった。

編集部が望むテーマを編集者が代弁し、それに合わせてこちらは動けば良い。できあがったものに思いつきのストーリィをつける。おそらく、今まで連載をしてきた作品に比して遜色《そんしょく》はあるまい。

自身の手応《てごた》えが弱いだけだ。

ドロドロに熱く、濃かったものが薄まり、透明になる。

一人の人間を、たった一枚撮れば済むものなのに、自分が納得するものと、そうでないものは、まるで違っていた。

写した瞬間にファインダーの中で厚い盛りあがりに似たものを感ずる。それが沢原の手応えだった。

その手応えが徐々に弱まってきている。透明な、存在感に乏しい写真しか撮れない。沢原は焦っていた。それが、真実のところは、被写体によるものなのか、自分自身によるものなのか、わからなかったからだ。

やみくもに街をうろつき、タクシーを乗り継ぎ、人混みを押しわけた、沢原は疲れきっていた。腹が減り、街に出るまでは感じていなかった、理由のない怒りを時の流れに覚えていた。

客の少ない古びたハンバーガーショップのカウンターでビールを飲んだ彼は、落ち着こうと試みた。

まず飢えを満たすことだ。

ハンバーガーショップの数ブロック先に、中国料理店があった。老舗《しにせ》で、客がいてもいなくとも、朝まで営業している。暗くて、どことなく剣呑《けんのん》な雰囲気のある店構えは、時間の流れを忘れるには都合がいい。

沢原は腰を上げた。

中国料理店に一人で入る人間は少ない。まして深夜のことだ。フロアにはアベックが二組いるきりだった。沢原は自分の意志で、中央の最も大きな円卓にすわった。その夜、そこを埋める客が訪れるようなことがないのを信じてか、初老の中国人のマネージャーは沢原をとがめなかった。

老酒《ラオチュー》と料理を三品頼んだ沢原は手洗いに立った。そこで沢原は男を見た。

白々しいほどに明るい、タイル張りの手洗いのドアを押し開けたとき、正面の洗面台で手を洗っている男がいた。深夜の中国料理店には、全く似つかわしくないたくましい男だった。手を洗い終わり、かがめた腰を上げた男と、その目前の鏡の中で目が合った。鏡を通して男と向かい合ったことが、沢原にはファインダーを通したようなショックを与えた。

表情の無い目だった。若く、年は三十二、三だろう、整った顔立ちの半分をヒゲが被っている。その健康的な外見にもかかわらず、男の無表情の目は、暗く、倦《う》んでいた。生活に倦んでいるのではない、何か全く別のものだ。

素早く視線を外して、ペーパータオルで黙々と手を拭《ふ》く男を、戸口に立ったまま見つめた。男には常人とは違うものがあった。色んなタイプの人間を見てきているが、目前の男のような雰囲気は初めてだった。外に向けて拒んでいるのではない、内側に閉ざしているのだ。冷ややかな無関心でもなく、干渉に対する熱い怒りでもない。無なのだ。己の存在を含めて、無視しようとしている。

男は手を拭き終えると、うつむきがちに沢原の傍らをすり抜けた。

個室のドアが並ぶ廊下の方へ、男が歩き去るのを沢原は立ったまま見送った。

かつてアメリカで、ベトナム戦争において数十人の敵兵を射殺したという狙撃《そげき》手を撮ったことがあった。その男は自分の殺人行為は、国家のためにやったもので後悔は全くないといい、ファインダーごしに見つめても、微動だにしない澄んだ瞳《ひとみ》で見返してきたものだ。

今会った男の顔には、それと似たものは何もない。だが、後ろ姿を見たとき、沢原ははっきり似たものを感じた。

元米兵の、現在は修理工を営む若者は去り際に、鍛《きた》え抜かれた肩と背に不思議な重みを感じさせた。未《いま》だ衰えぬ筋肉と弾力のある肉体を持ちながら、背中を見せて立ち去る瞬間、何倍も年をとった老人のような歩みを見せた。歩き方が変だったのではない。見る者に、重荷を背負っているがごとく感じさせるのだ。

閉じるドアに男の姿が隠れるまで、沢原は佇《たたず》み、見つめていた。

居た。沢原は思った。

食欲は失せていた。小用を済ませ、円卓に戻ると、料理には手を触れず老酒を一口だけ飲んだ。早々に勘定を終えると店を出る。

料理店の周囲は人通りが少ない。バッグの中で手早く、高感度のフィルムをキャノンに詰め替えた。

苛立《いらだ》ちや焦りは消え、不思議に落ち着いている。何よりも、被写体を捉《とら》え、カメラに手を置いていることが沢原をそんな気持にさせた。

身近な電柱にもたれ、煙草に火をつけた。

首を回すと、夜空を漂白するかのように天空にむけ放射される、街のネオン群が見えた。救急車のサイレンがその方角を遠去かってゆく。

中国料理店の入口は、沢原の立つ位置から十メートルと離れてはいなかった。沢原はもう少し離れようと決め、シャッターを閉ざした喫茶店の天蓋《てんがい》の下に立った。灯《あか》りを点《とも》す看板は、通りをはさんだ向かいのジャズクラブと、中国料理店だけの一角だ。

少し離れたところの上空を、首都高速を行き交う車の走行音が満たしている。沢原はカメラをもたげ、店の入口にピントを合わせた。

時計に目をやろうとしたとき、アベックが店から現われた。ファインダーをのぞいた瞬間から、沢原の指はシャッターにかかっていた。

あの男だった。連れの女には目もくれずシャッターを切った。不意に二人は向きを変え、男は女の後ろに従って、沢原から遠去かり始めた。沢原に気づいた様子はない。

男の後ろ姿をもう一度撮った。

後ろ姿がファインダーの中でふくれあがったような気持がした。沢原は瞬間の充実感を味わった。

男が振り向き、沢原を見た。沢原の開き、引いた右脚に力がこもった。だが、男は何事もなかったかのように、再び向き直って歩み出していた。

中国料理店から二十メートルほど離れた交差点で二人は立ち止まっていた。信号が変わるのを待っているのだ。

沢原は一度おろしたカメラをもたげ、こちらに顔を向け、男の頭と向かいあっている女のほの白い顔を捉えた。

ファインダーにあった顔を見て、沢原の右手がぴくりと動いた。驚きは、むしろゆっくり頭から上半身を熱くした。

彩子《あやこ》。

四年前に引退したトップモデルだった。カメラマンとしてではなく、沢原は彼女を知っていた。

寝たことはない。しかし、欲しいと思っていた女だった。モデルをやめた時、沢原は彩子と寝たいと思った。そして、もし望まれれば暮らしても良いとも思った。

人形でありつづけるには賢こすぎ、そしてもろすぎるプライドの持主だった。彩子とは、今はなくなった原宿の小さなジャズクラブで知りあった。彼女はそこであまりうまくない歌をうたい、カウンターを隔てて客の相手をしていた。七年前だ。

当時沢原はルポライターの仕事をしていた。週刊「モダニズム」とはちがう出版社の硬派月刊誌のライターだった。今より金遣いも鼻息も荒かった。幾度か彩子を泣かせたことがあった。「いじめっ子の沢ちゃん」がその店での沢原の愛称だった。しかし彩子は沢原に対して冷淡にはならなかった。やがて店が潰《つぶ》れ、彩子はモデルとして航空会社のマスコット・ガールにスカウトされた。彼女がトップモデルになるまで、それほどの時間はかからなかった。

男の方が不意に右手を掲げ、走ってきたタクシーを止めた。

沢原はカメラをおろしていた。

女をそこに残し、タクシーは沢原の前を行きすぎた。シートの中から、男がちらりとこちらを見やったような気がする。

彩子は信号を渡り終え、沢原からは遠去かっていた。後を追う気にもなれず、驚きと満足の入り混じった感情のまま、沢原はバッグにカメラをおさめた。

二人が一緒の車に乗らなかったことに沢原は小さな安堵《あんど》を覚えていた。

彩子の姿はもう見えない。

沢原は彩子が去ったのとは別の方角に向けて歩き出した。空車の行列まで行きつこうと思ったのだ。

小さな車両進入禁止路を横切ろうと脚を歩道から踏み出した瞬間、沢原の首すじに衝撃が伝わった。振り向く暇もなく、下がった顎《あご》と、鳩尾《みぞおち》にほぼ同時に、激痛が炸裂《さくれつ》した。

視界がブラック・アウトし、沢原は気を失った。

5

倒れかかってきた男の腕から手早く、革のバッグを抜いた。左手首から腕時計を外し、右腕を相手の肩に回して支えるような形にしておいて、路地の壁に向けた。

男は沢原のスラックスをさぐった。ヒップポケットにマネークリップが入っている。外した腕時計とそのマネークリップをバッグの中に放りこみ、右腕を抜いた。

沢原の体は、酔っぱらいのようにぐんにゃりと壁むきに倒れかかる。

バッグを手に、男は周囲を見回した。彼の目からは、今の二人を見ていた者はなかった。背後を振り返ることもなく、大股《おおまた》で遠去かる。

小路のつきあたりを左に折れると、ひっそりとした住宅街になっている。数ブロック向こうの喧騒や嬌声《きようせい》の街とは、何の関わりも持たぬような重々しく古びた家並みが続く。二八〇Zがスモールランプを点して待っていた。男が乗りこむとすぐ、女は車を発進させた。

女はハンドルを操りながら、男の手元に時折、目を向けた。

男は無表情にバッグの中のものをとり出し、膝《ひざ》の上に置いた。

カメラが一機、レンズが二本に、ストロボ。あとは革の名刺入れだった。マネークリップには紙幣の他は何もはさまれていない。

名刺入れから名刺を一枚抜くと、あとの物をすべてバッグに返した。

男の目的はカメラにおさまるフィルムだけだった。手洗いで、あの男に自分の顔を見られたとき、いいしれようのない畏怖《いふ》が彼の心を揺さぶった。

瞬間、目が合っただけでいながら、彼はこちらのしてきたことを見抜いたような鋭い視線を向けてきた。

警察官ではない。どんなに扮装《ふんそう》に凝っても警官には、崩れようのない何かがある。あの男には、それはなかった。

自分が、女の待つ個室へと戻る間も、彼は男の視線を痛いほど背に感じていた。スコープから標的を見続けてきた男にとって、視線の鋭さは、己に向けられるものは文字通り刺すような痛みを伴って感じられる。

その鋭さが男を不安にした。

店を出たときに、通りの彼方でカメラを手に潜む、男の姿に気づいていた。あの男が何のために自分達をカメラで追おうとしていたのかはわからない。しかし放っておくのは危険だった。

一度も会ったことのない相手にもかかわらず、男は沢原の目に、自分の本能が警告を発するのを感じた。まして、彩子と一緒にいるところを撮影されたのでは尚更《なおさら》だった。

信号のところで、彩子に先に車を出して待つように告げ、タクシーを拾った。強盗に見せかけて、男からカメラを奪い取るためであった。

「沢原徹」という名と、自分の住居からほど遠くない住所だけが刷られた名刺を、男は見つめた。

フリーのカメラマンか。「沢原徹」という名はどこかで聞いた記憶があった。

自分の存在証明を、肩書のない名刺の他は何も持っていなかった沢原という男に、そしてその沢原が自分に向けて放った視線の一瞬の鋭さに、男は脅えた。

車を駐車場に入れ、エレベーターに乗りこんだ二人を光が包んだ。

「もう一度眠る？」

彩子は、男のしたことに対して何ひとつ質問をはさまなかった。ただ上昇していく箱の中で問うただけだ。

男は曖昧《あいまい》に首を振った。無言で名刺をさし出した。小首をかしげて、彩子はそれを受け取った。

エレベーターが目的階に到着し、扉を開いた。男は歩み出し、立ち止まった。振りかえると、女がこわばった表情で名刺に目を落としていた。

男の視線に気づき、彩子が目を上げた。男は黙って廊下の方角に首を傾けた。彼女が足を踏み出すと、エレベーターの扉が閉まりかけた。男は右腕を扉の片方にあてがう。男の腕を楯《たて》に、女は廊下に歩み出した。バッグからキイを取り出す。

女の部屋は正面奥の男の部屋のひとつ手前だった。スティールの扉を重たげに引くと、女は闇《やみ》の中の壁に手を這《は》わせた。

二つのフロアスタンドが灯りを点し、暗い色調で統一された部屋に丸みを帯びた光を投げかけた。

男は女に続いて部屋に入り、後ろ手で扉を閉じた。室内は空調が心地良くきき、その低い唸《うな》りがかえって落ち着きをかもしている。

「何か飲む？」

女はバッグを濃い茶の長椅子の腕に置き、訊ねた。

「いや。知っているのか？」

女は左手の指に、未だ沢原の名刺をはさんでいた。かすかに頷いた。

「俺達《おれたち》をカメラで撮った」

彩子はカーペットに視線を落とし、長椅子の向こうに立ちつくしていた。

「何者だか知っているかい？」

「フォトライターよ。『モダニズム』という週刊誌に書いている」

男は長椅子の向かいにおかれたソファに腰をおろし、煙草をさぐった。

火をつけぬままくわえて、彩子の顔を見た。

「煙草、吸っても大丈夫かい」

彩子は笑みを見せた。

「大丈夫。少し調子がいいの。あなたがずっといなかったから」

男も薄い笑みを返した。美しい、この女の輝きは、弾《はじ》けるような健康美ではなかった。それは、今にも大輪を支えきれずに茎《くき》を折りそうな花である。健康には程遠い、蒼《あお》ざめた、透明な肌の色と、細いうなじや関節がその証《あか》しである。

女の暖かな笑みや、優しげな仕草が、見る者に痛々しさを感じさせた。

煙草をしかし吸わずにポケットに戻した男は訊ねた。

「会ったことがある？」

向かいを指で示すと、彩子は左脚を折り曲げるようにして、長椅子に腰をおろした。

「毎晩会ってたわ」

男は彩子を見つめた。問うような視線ではなく、促す形だった。

「七年前よ。私がモデルになる前、小さなお店に勤めていた頃《ころ》」

「それ以来、会っていなかった？」

「最後に会ったのは、あなたに会う前ね。もう二年ぐらい前」

「君は彼に気づいたか？　今日、あの店にいたんだが」

「まさか!?」

女の目が広がった。

「多分、我々より遅く来て、先に出たのだろう。洗面所で会った。不思議な男だった。鋭い……とても鋭い」

男はくり返した。

「話したの？」

首を振った男に、彩子は吐息を洩《も》らした。安堵とも、落胆ともとれる仕草だった。

沢原という男が、彩子のためにカメラを構えたとは思えなかった。二人が店を出たときから、暗闇の中で待ち構えていたのだ。カメラは彩子にではなく、自分に向けられていた。彼は確信していた。

彼が、鏡ごしに沢原を見たときに感じたように、あの男も、彼に何かを感じたのだ。バッグからカメラを取り出し、蓋を開くとスタンドの灯りの下に持って行き、中のフィルムを感光させた。

そのフィルムだけをポケットにしまい、彩子がセンターテーブルに置いた名刺もカメラもバッグに入れた。

「どうするの、それ?」

どうやって手に入れたかも問わなかった彩子が初めて、質問した。男は立ち上がると、彩子を見つめ、笑みを浮かべた。

「処分する」

短く答えると、男は女の部屋を出ていった。今夜の懺悔《ざんげ》はもう終わっていた。男は、二日前に、東京以外の土地で一人の男を拳銃で射殺したのだ。女にそれを語り終えるまで、男は思い出し、顔に脅えていた。男にとって最もつらい一瞬が過ぎると、いままた男は無表情の、光もかげりもない人間に戻っていた。

自室に戻り、電話を前にした男はためらっていた。電話をかけることは必要だった。しかし、自分の住居からそれをするのが、男は嫌だった。

仕事と仕事の間にのみ、男はここに居る。

それは、終えた行為に訣別《けつべつ》し、新たな行為に向けて心身を整える場であった。そのためには、仕事に関する連絡を最小限度に抑えたかったのだ。

それにもかかわらず、不要ともいえる確認の電話が最近増えてきている。その日、帰宅してからかかってきたものもそうだった。

組織の頂点に立つ人物は、彼が仕事をやりおおせたことは二日も前に知っている筈《はず》なのだ。それでも、彼自身に確認を求めようと、彼の空間にコードを通して入り込んでくる。

その傲岸《ごうがん》さは、ひとつの示威行為でもある。殺人を専門作業とする彼に対して、恐れなどを抱いていない、あるいはこちらの方が強大であるということを証明する。

ひとつの組織の中で、最も危険率が高く、それゆえ失うものを持たぬ歯車に対して、その歯車群を始動する音が、必ずやせずにはおけぬ行為である。

受話器を取り、ボタンを押した。

「処分して欲しいものができた」

深夜にもかかわらず、相手はすぐに出た。

「カメラ、財布、腕時計――大きなものじゃない。盗品に見せかけるよりは、完全処分の方がいいだろう。持主？　いや、生きている。別に、それほどマズいことじゃない。気にするな。

いや、ここに来て貰《もら》う必要はない。そちらで場所を指定してくれれば行く。そうだ。ここじゃなくとも……ああ。

わかった。持って行く」

6

嘔吐《おうと》したものを、水洗ノブをひねって流した沢原は、洋式便器に腰をおろした。不思議に、怒りはなかった。冷やしたタオルを、まるで鞭《むち》打ち症患者のように首すじに巻きつけている。

裸足《はだし》の上に猫のマロイがよりかかり、心地良さげに呼吸していた。

切れ味のいい、冴《さ》えたパンチだった。素人ではない。単なるK・O強盗とも思っていなかった。

勿論、あの男だ。

意識をとり戻した彼はポケットの小銭をかき集め、ひどい頭痛と吐き気をこらえてようやく始発の地下鉄で帰りついたのだ。だが、沢原はむしろ満足に近い気持でいた。

街にふさわしい男を見つけた。

あの男は暴力団員にも見えなかった。しかし、彼のフィルムを奪うために待ち伏せ、パンチをくり出したのだ。

彩子のためか。

浴室の鏡と向きあい、沢原は自分のしかめ面を見つめた。

トップモデルとして脚光を浴びた彩子は一年半後不意に引退した。住所も変わり、一切表に出ることがなくなった。

その間、沢原は自分から彩子に連絡することはなかった。同じ頃、彼も一人の女と棲《す》んでいたからだ。

女が出て行き、カーペットの色が、女の持って出た家具の置かれていた跡を示さぬほど時がたった日、突然彩子から電話があり、二人は会った。

彩子の引退については、沢原は彼女の性格が原因したものと考えていた。

久しぶりに会ったとき、沢原はその変貌《へんぼう》に驚かされた。

美しくなっていた。そして、衰えていた。

やせ細り、深い蒼味《あおみ》を帯びた肌の色に病を感じた。

彼女と対峙《たいじ》して話すうちに、沢原は、まさか自分がいうまいと思っていた言葉を発していた。

結婚を暗示する会話となった。

彩子はしかしそれをきっぱりと断わり、沢原と会ったのは、ただ逢《あ》いたくなったからだといった。

彩子の言葉のままに、二人は別れ、それきり会ってはいない。そして、その後一ヵ月して沢原は、偶然、かつての原宿の店で彩子と仲が良かった女に会った。そこで彼は彩子が彼の求婚を断わった本当の理由と思えるものを知った。

理由は彩子の肉体に在った。衰弱は、彩子の心臓に起因していたのだ。

沢原は、彩子を捜そうという気持を己に放擲《ほうてき》させるのに苦しんだ。やがて、それが別のあきらめに変わった。あきらめは、もう彩子が生きてはいまいという気持からおきたものであった。

だからこそ、あの男と並んで立つ彩子の姿に沢原は驚愕《きょうがく》を覚えたのだった。

沢原は立ち上がった。猫が驚いたように、足元から飛びのく。いまいましげに見上げる動物に、沢原は苦笑した。

吐き気はおさまっていた。殴られた場所に鈍痛を感じるだけだ。

着ていた服をはぎとり、ベッドに倒れこんだ沢原は決意していた。

あの男を捜し出す。そしてもう一度。

あの男の瞬間をフィルムにおさめるのだ。

その時は、ファインダーの中で男の姿がすさまじく膨脹するような気がした。

混沌《こんとん》とした意識の中で、沢原は、鏡の中で捉えた男の視線が、レンズごしに沢原を射抜き、シャッターを押した瞬間、その姿が爆発的に拡大する様を想像していた。

たち並ぶ店舗がありふれているのは、それが建つ街のせいだった。華美にこしらえれば安っぽく、地味に造れば古臭く見えてしまう。そんな街だった。雑踏の大半は三十歳以下の若者であり、残りの半分を勤め人風の男女達が、そして最後の残りを何者とも知れぬ剣呑《けんのん》な雰囲気の男達が占めている。

ポルシェはそのメインストリートを走り抜け、副都心と呼ばれる高層ビル群に入りこんだ。数十階の高さを誇り、それゆえ脆《もろ》さを感じさせる建築物の麓《ふもと》に吸いこまれる。

空中の喫茶室で、男達は向かいあった。一人は紺の地味なスーツ姿の四十代の男だった。色白で、頭髪はかなり後退しているが、その分ウエストがつき出している。向き合う男は軽いベージュのスーツの襟から、ポロシャツを見せていた。顔を被っていたヒゲは消え、かわりにメタルフレームの眼鏡が、目元を隠している。足元に、大きな紙袋があった。

「当分、仕事はない。ゆっくり休養してもらいたいとのことだ」

スーツにネクタイをしめた四十男は低い声でいった。

男は巨大なガラス窓から夕刻の都会を見おろしている。

「なぜ、ここばかり選ぶ？」

窓を向いたまま男は訊いた。

「ここが好きなんだ。合ってる。俺達みたいに裏側からからくりをいじくっている人間に」

男は鋭く向かいを見た。

スーツを着た相手の表情は真剣だった。真面目なのだ。

「どうして処分が必要になったのか、訊いてこいといわれた。何があった？」

男は答えなかった。山崎という通り名の連絡係は苛立《いらだ》たし気に、残り少なくなった水のグラスをあおった。

「どうしたんだ」

　少なくともこの窓には顔はない。見おろすひとつひとつの顔は小さすぎ、スコープでも通さぬ限り、目鼻の輪郭すらはっきりしない。

「写真を撮られた」

「構わんじゃないか。何も畏《おそ》れることはあるまい？」

「嫌だった」

　低くいった。

「強盗の手口で失神させ、カメラと財布をとった。顔は見られていない」

「その方がマズいな」

　山崎は、小さくなった氷を口中でかじりながらいった。

「撮られたのはいつだ」

「東京に帰った日だ」

「一人だったのか」

　男は窓から視線を山崎に移した。

「関係あるまい」

　山崎は黙った。鼻白んだようだが、それを表情にあらわすほど無能な男ではない。

「一人だったのか」

男は短く答えた。いつか、この男をスコープに捉えてやろうと思った。

「わかった。きれいにしよう。撮った奴はわかっているのか」

「名刺が入っている」

「何者?」

「沢原徹、フォトライターだ。『モダニズム』という週刊誌に書いている」

「さっぱりするか」

問いにならぬいい方だった。

「俺がやろう。ツールを渡してくれ」

山崎は少し驚いたようだった。素通しの眼鏡の奥の、男の目を見つめた。

男の腕に関する疑問はない。

「わかった。よそでやった方がいいな。東京を出る機会を待とう」

山崎は、空になったコップを唇にあてていった。中のしずくをすする。

「ツールはいつ渡してくれる?」

「連絡する」

男の顎の筋肉に力がこもった。コードを通しての侵入を待つのか。

小さく頷いた。

山崎は紙袋を手に立ち上がった。勘定書を持って行くのも忘れない。

7

小雨がふり、季節を考えれば馬鹿げて寒い日だった。四週間がすぎていた。

沢原は病院の待合室にすわっていた。

医師や看護婦といった病院側の人間をのぞけば、ここにいる者達は皆、緩慢にしか動こうとしない。病み、疲れている。

老人も子供も、暗い無表情で、杖《つえ》にすがり、あるいは母親に抱かれて、うずくまっている。

吊《つ》るし棚に置かれたテレビが、まるでかけ離れた空虚な世界の映像を送り出していた。雨に濡《ぬ》れた衣服、それに薬品の入り混じった、湿った匂《にお》いが鼻を突く。

虎《とら》ノ門に近い、近代的で大きな病院だった。どんなに医学的に秀れていようと、雰囲気を変えぬ限り、患者の気持がひきたつとは思えないところだった。

彩子をここに見つけた。

芸能関係のツテを頼りに住居を見つけたのが二週間前だ。新聞が数日分、たまっていた。管理人は不在の理由を知らなかった。

彩子の体を考えて、入院という事態に思い当たった。自分の勘を確かめるのに一週間を要した。

その間、東京を離れず、水増しした仕事を続けた。あの男を撮るための、日保《ひも》たせだった。そして彩子を見つけたのだ。

所在を知り、勘の正しさを知り、どうしようもなく暗い気持になった。男を見つけ出すために、彩子の行く方を追ったのだった。捜すことが、撮影のためだと思えば、たとえ彩子であっても苦痛はなかった。しかし、彩子が横たわるベッドを持つ病院で男を待ち構えるのは、沢原の心に痛みをおこした。

彼女に会ってはいなかった。いつも待合室にすわり、男がやって来るのを待つだけだった。

その日、沢原は外出先からの帰りだった。カメラは持たず、かわりに自分のこれまでのフォトストーリイを一冊におさめた本を手にしていた。

あの男を撮りたいと思った衝動は今、冷たくしたたかな執念に近づいている。しかし、彩子の病院で待つのはやめようかと思い始めていた。沢原にとって、彩子は男と自分をつなぐ唯一の手掛りであった。にもかかわらず、何か別の手段が、捜せばあるような気がして仕方がないのだった。

四時過ぎに病院を訪れた沢原は、面会終了時間である六時の十分前まで待とうと決めた。

その時間まで男を待ち、もし現われなければ、彩子に会って本を手渡すつもりでいた。もし、あの夜沢原からカメラをとりあげたのが、確信通りあの男であれば、彩子が自分に気づいている可能性もある。

深夜に二人だけで食事をするような間柄ならば、入院した彼女を男が見舞わぬ筈がない。

そしてそのことを考え、待合室で網を張る沢原は、自分の中に少しずつ嫉妬《しっと》の気持が強まっているのを感じた。同時に、現われぬ男に対する怒りも感じた。

だが、もし男が彩子の病気について何も知らぬか、すべてを知っているかのどちらかならば、病院に現われぬわけも頷ける。

五時五十分。沢原は、湿ったフロアを横切った。待合室のある病院一階部と病棟は、渡り廊下でつながれている。

両側に清涼飲料水やアイスクリームの自動販売機が並ぶ廊下を沢原は歩いていった。病棟に続く、リノリウムをしいた通路は時間的に、入る者より出る者が多い。入る者は患者か、病院関係者だった。

正面に病棟を昇る、エレベーターホールがあった。扉が開き、約十メートルほど先のホールに一群の人々が吐き出された。

沢原は立ち止まり、見つめた。

見舞客やそれを送りに出た軽症患者に混じって、あの男がいたのだ。

男はエレベーターホールを出てすぐ右手の裏口へ向きを変えていた。沢原は無意識に脚を早めた。手にしているのがカメラではなく、一冊の本にしかすぎないのも忘れていた。

男は傘を持ってはいなかった。沢原の傘は正面入口の傘立てにあずけ放しだ。

あちこちに水溜《たま》りの凸凹のある、コンクリートじきの駐車場を、男は降る雨に走ることもなく歩いていた。白いTシャツの上に襟を立てたスイングトップを着ている。

沢原が男の数メートル後ろまで追いついたとき、男は気配を感じたようにふり返った。

二人の男は雨の中で向かい合った。

沢原は男の瞳に、鏡の中では見なかったものを捉えた。

一瞬それが鋭い眼つきに変わり、隠れた。何事もなかったように、男は踵を返した。

沢原はその場に立ち止まった。

初めて会った晩のように、男の背には重みがあった。むしろゆっくりと、見つめられていることを意識している足取りで、銀色のポルシェに歩み寄る。

ポルシェのエンジンが始動し、独特の排気音をたてた。ワイパーがフロントグラスの雨滴をぬぐい、次の瞬間だけ、沢原はもう一度、男と視線を交えた。

男は大きくハンドルを切った。

車は沢原から遠ざかった。

沢原は男の肉体から、あの夜以来、見極めようとして、見極めきれなかった危険の匂いを嗅《か》いだ。

男は自分の部屋に帰っていた。山崎から連絡がないのは、あの沢原という男が東京を離れなかったからだろうとは知っていた。

その沢原と、彩子の入院する病院で出会ったことに、彼は動揺していた。

彩子が部屋を離れた今、仕事もなく自室に閉じこもる男にとって、時間は空白だった。彼女が入院するまで、別に始終共にいるわけではなくとも、男は落ち着いていた。隣の部屋に彩子はいつもいたのだ。二日か三日に一度、二人はどちらかの部屋で食事を一緒にし、愛しあっていた。

いつかは来ることを知り、半ば予期しながらも彩子の体調が崩れ、具合を悪くしたとき、男は脅えた。脅えは現実となり、彩子は病室へと、その身を移すことになった。

それからの男の生活は変わった。普段観《み》なかったテレビに目を向け、雑誌を読んだ。本屋に出かけ、彩子と自分のための本を求めた。レコードを揃《そろ》え、彩子が病室で聞くようにテープも作った。

男がしなかったのは神に祈ることだけであった。己が祈っても決して報われぬ人間であるのを知っているからだった。

部屋の調度が輪郭にぼやけるような宵闇《よいやみ》に、灯りも点《つ》けず、男は籐椅子《とういす》に腰かけていた。

「もう、病院には来ないで」

彩子はいったのだ。男はそれに対して、反駁《はんばく》も質問も返さなかった。

煙草をポケットに探った。濡れてぐしゃぐしゃになった箱が在った。箱をそのままに、男はガラステーブルの上に置いた、封を切っていない別の箱を取った。

乾いた一本を抜き出すと、ライターで火をつけた。煙を吸いこむたびに、闇に赤い火先が、怒ったように輝く。

男は魅せられたように見つめていた。やがて灰が長くなり、ポタッという音をたてて落ちた。

短くなった煙草を右手に持ち、次に左掌《ひだりて》に握りしめた。口元をひきしめ、熱さと痛みに堪えて、くしゃくしゃに握り潰《つぶ》す。

掌《てのひら》を開くと、灰と葉と黒い燃えカスが落ちた。だが、男は左掌には目もくれなかった。

彼は、口惜しさに火のついた煙草を握り潰す自分よりも、利《き》き腕をかばい右手を使わなかった自分が、哀しかった。

立ち上がり灯りを点した。不意に男は部屋の大きさを感じた。

電話に歩み寄り、ボタンを押す。部屋の隅の小さな時計に目をくれた。夜はまだ早かった。

電話の相手は山崎だった。

「俺のツールを届けてくれ」

山崎が出ると、男はいった。山崎が何かいったが耳を貸さずに続けた。

「今すぐにだ。そう、部屋にいる。持ってくるんだ。どこにあるかはあんたの方が詳しい筈だ」

一方的に受話器をおろした。

男には何をするべきかわかっていたのだ。それを実行しようという気持もあった。しかし、機会を失っていた。

その夜、男は自分がその機会を得たと思った。

きっかり一時間後、男の部屋の扉をノックする者があった。のぞき穴の魚眼レンズで相手を確認して、男は扉を開いた。

山崎が一メートルを少し超えるほどの平べったく、長いケースを手に立っていた。

男の言葉を待たずに部屋に入りこみ、扉をロックする。グレイの地味なスーツにきっちりとネクタイを結び、外の雨に濡れた様子は肩先にもスラックスの裾《すそ》にもなかった。

男がケースに手をのばすと、山崎は渡すまいというように引いた。

「何に使うのか訊いてこいといわれた」

「何に使うかは決まっているだろう」

男は冷ややかにいった。

「それに手入れをしておきたいのだ。あのカメラマンを殺すときに使うことになりそうだからな」

「奴はまだ東京を出てはいない。監視はつけてあるのだ」

山崎はいった。男は山崎を見つめた。

「このところ、ずっと病院に通っている。体が悪いようにも見えんらしいから、誰《だれ》かの見舞かもしれん。それにあんたも、妙なところをうろつかん方がいいな」

「どういう意味だ」

無表情に男はいった。

「どうやらまた、あの沢原という男と出くわしたらしいじゃないか、病院で何をしていた？」

「答えたくないときは黙っていていいか」

山崎の唇の端に微笑のかけらがのぞいた。

「よかろう。それなら、このまま帰る」

踵を返した山崎の首すじに、男は無造作に手刀を振りおろした。山崎はケースを手放し、がっくりと膝をついた。

背後から左腕を肩に回し、腰を落とすと右腕を斜めに山崎の顔にかけた。両脚を広げて、右腕に力をこめる。

ポキリという音がして、山崎の首がゆがんだ。

男が体をひくと、山崎の死体はゆっくりと背後に倒れた。死体には目もくれずに、彼はケースを取り上げた。

山崎を殺せば、自分がどんな立場にたたされるか男にはわかっていた。それでも、男はこのケースが必要だった。

ケースを床に置き、二つの錠を解くと蓋を持ち上げた。必要なものが揃っているかどうかを確かめるためだった。

8

男の瞳の中に見たものに沢原は寝つかれずにいた。ベッドから身を起こし、スタンドを点すとヘッドボードの棚を開いた。

まだ三機のカメラが残っている。ひとつひとつを取り出し、ベッドの上にあぐらをかいた。

部屋の中は静かだった。その夜は、街も特別静かに感じた。

思いたって沢原は立ち上がると、キッチンに向かった。もう一匹の住人も、部屋のどこかで眠りについているようだった。

冷蔵庫の扉を開くと、ボトルごと冷やしてあるバーボンウィスキーを抜き出した。

ベッドに戻り、ひと口ラッパ飲みをしてカメラを手に取った。ひとつひとつ重さをはかるように手に持ち、シャッターを押してみる。

柔かな、あるいは鋭い、金属音が天井に響いた。

沢原はついに彩子には会わずに帰ってきた。しかし、男の瞳に見たもので彩子の状態は想像がついた。数年前、街で出会った彩子の友人から聞いた通り、彩子はいつ死んでもおかしくないほど弱い心臓を持っていたのだ。

おそらく彩子が自分の脚であの病院を出ることはありえないだろう。

姿を消してからの彩子を、沢原は誰かの愛人になったのだろうと考えていた。政界か、財界の金持ちに囲われたのだろうと。

ところが二年前に会った彩子は沢原の疑問をきっぱり否定した。

モデル時代に貯《た》めた金で、静かで慎ましい生活をしてきたのだといった。それが夢であったとも。

私生児として生を受けた彩子には、母をなくして後、身寄りと呼べる者はなかった。

おそらく、病院に彩子を見舞っているのは、彼女の生活から考えても、あの男の他は居ないだろう。

暗い寝室で酒をあおり、カメラをいじりながら沢原は思った。

一機を選んだ。コンタックス。

ずっと使っていなかったカメラケースにおさめ、望遠レンズを二本添えた。明日からまた病院を張るのだ。ただし、中からではなく、建物の外から。

カメラケースの蓋を閉じかけて思いつき、沢原は枕元《まくらもと》の本を取り上げた。彼にとって初めての、自分の本だった。カメラの上にのせ、蓋を閉じる。

俺はあの男を撮ろうとしているのか、死の直前にある彩子を撮ろうとしているのか。

沢原は酔いの浸透し始めた頭で自問した。

しかし、夜は彼に答を与えなかった。

翌日は雨がやみ曇天《どんてん》となった。男は病院から少し離れた場所で車を止めた。山崎が乗ってきた地味な色のクラウンだった。平たいツールケースを手に降りると空を見上げた。午前十時だった。

前夜のうちに男はポルシェで病院を囲む一角を下調べしていた。その結果、適当と思える建物のいくつかに目星をつけていた。

今回に限って、男はいつも払う念入りな注意にはこだわらなかった。組織が膳立《ぜんだ》てをして彼を呼び出す仕事ではないのだ。為遂《しと》げればいいのであって、彼はその後の事態には無関心だった。

七階建てのさほど大きくないマンションに男は目をつけていた。エレベーターホールが無人なのを確かめて一気に最上階まで昇る。

最上階でエレベーターを降りた男は、周囲を見回した。壁も廊下もクリーム色に塗られた小ぎれいなマンションだった。

階段がエレベーターホールのわきにあり、屋上へと続いていた。男はそれを昇った。

一度折れ、再び昇る階段を上がると、スティールドアを閉ざした踊り場があった。ドアには錠がおりている。ノブを回した男は大きく息を吸い、手をノブから離した。

錠前破りは彼にはできなかった。他のビルをあたるしかない。

沢原が昼すぎに眼覚めたときは薄い日が照っていた。

マロイに餌《えさ》をやり、沢原は「ジョーカーズ」に朝食を摂《と》りに出た。面会許可のおりる午後三時までには病院に到着し、近くの建物から病院の出入口と彩子の病室を撮れるようにしておかなくてはならなかった。

今日、あの男がやって来るとは決まっていない。しかし来るまで沢原は待ち続けるつもりであった。男の写真を撮ったときにつけるストーリィは既に、沢原の頭の中で固まっていた。

沢原にとって時の歩みは早かった。午後二時には、彼は準備を整えカメラケースを手にタクシーに乗りこんでいた。

男も準備を整え終わっていた。彼が選んだのは古い六階建ての貸しビルの屋上だった。もはや上がる者もないらしく、階段には埃《ほこり》が溜《た》まり、錠の壊れた屋上の扉は錆《さ》びた音をたてた。六階は法律事務所の看板が出ていたが、出入りする者は見なかった。

扉をかっちりと閉じ、周囲に、簡単にこの屋上を見おろせる建物がないことを確認すると、男は準備にかかった。

その日、男は地味なグレイのスラックスに同色のスイングトップを着けていた。スイングトップのポケットには灰色と赤のキャップがつっこんである。これをかぶってしまうと、男の姿はくすんだ建物の屋上では、全く目立たないものに化した。

病院とビルとの距離は百五十メートル足らずだった。

男はかがみこんでツールケースの蓋をあけた。まず温度計を出し、ツールケースの傍らに置いた。

五分待つと、温度計の指す気温を確認し、温度計をしまった。男のかがんだ位置から病院にむかって風は右から左に吹いている。

男は機械的に動いた。

ツールケースから銃をとり出した。レミントンの七〇〇バーミントライフルだった。口径・三〇八、ボルトアクション。

バイポッドと呼ばれる支脚でライフルを固定すると、ズームスコープをのぞきこんだ。

ライフルの位置を完全に定める前に、赤いケースから一発だけ銃弾を取り出し、装塡《そうてん》した。

準備が終わったと思ったとき、男の無表情が崩れた。左掌に火傷の痛みを感じ、煙草をスイングトップのポケットから抜いた。

時の流れはこの瞬間まで、彼にはひどく早かった。しかし、この後、彼にはのろすぎるものとなった。

男は不意に、激しく彩子を思った。

それは、今が今まで彼の頭の中からしめ出して来たことだった。

沢原は迷っていた。彩子に会い、本を手渡してから男を撮影するために張りこむべきかどうかをだ。

彩子が、彼が男を追っていることについて何も知らなければ問題はなかった。しかし知っていて、男の立場をかばおうと、沢原を説得したなら、沢原には彩子の気持に逆らってまで撮る自信はなかった。

迷っている間に、タクシーは病院の正面玄関のロータリイにすべりこんでいた。巨大なガラスの自動扉をくぐり、病院の構内に踏みこんだ彼は、空調のきいた空気の冷たさを感じた。

会うだけ会い、本を手渡すのだ。

自分を叱咤《しった》して、病棟ホールの面会受付へと足を運んだ。

当初の計画とは異ってはきたが、それも、まぎれもない沢原の気持だった。

受付には二人の看護婦がすわっていた。三時には二十分近くを余しているが、できるだけ早く許可を取り、男より先に彩子と会っておこうと思った。

看護婦は二人とも若くはなかった。一人は三十代、もう一人は五十に手が届こうという年齢にちがいない。

「面会の許可を受けたいのですが」

三十代の方を与《くみ》しやすしと見て、沢原は声をかけた。

「面会時間は三時からです」

看護婦は無機質な声でいった。

「ええ、できたら早目に許可を受けようと思って……」

沢原は答えた。黙って見ていた年配の看護婦が訊ねた。

「入院されている方は誰方《どなた》ですか」

「四〇八号の小塚彩子さんです」

「四〇八号室の小塚さん？」

看護婦は眉根を寄せ、クリップボードを指でめくった。

「御家族ではありませんね」

ボードに目を落としたまま訊く。

「ええ」

「お気の毒ですね。面会謝絶です」

「悪いのですか」

目を上げて眼鏡の上端から、沢原を見た。

「さあ。ちょっと……」

不意に、この看護婦は親切でいっているのだという気持がした。

「有難う。じゃこれをお渡しして下さい」

カメラケースを床に置き、自分の本を取り出して、受付のカウンターにおいた。

「規則ではお預かりできないことになっているんですが……」

もう一度沢原を見ていった。

「四階のナースステーションに持っていっておきましょう。お名前は？」

「有難う。私は——この本を書いた者です」

それだけいい残して、沢原はくるりと踵を返した。突然、胸が詰まったのだった。

9

男は息を深く吸いこんだ。吐き出すと、唇が少し震えた。息を詰め、腹ばいになるとスコープをのぞいた。

左手を開いて右肩に当て、親指と人さし指の間にストックをのせる。グリップに右手を触れ、人さし指をトリガーにかけた。

スコープの中心に標的があった。

男にとっては容易《たやす》い標的だ。じっと動かない。頭を狙《ねら》うか、心臓にするか。ほんの数ミリ、ライフルを動かすだけで、着弾点は大きく変わる。標的までの距離があればあるほどそうだった。

心臓を狙うのだ。その方がきれいだ。

男にはわかっていた。しかし、トリガーをひかなかった。いや、ひけずにいたのだ。時間の流れが止まり、腹ばいになった体の両肩で空を支えているような錯覚が彼を苦しめていた。

突然、屋上の扉がきしみをあげた。スコープがはね、照準の中が真っ白の壁に変わった。男はライフルを胸に抱えた格好でふりむいた。

蒼白の男が開いた扉を支え、屋上に片脚をおろして、大きく肩で息をしていた。アイボリーのコットンスーツにニットタイをしめている。男の記憶の中で鏡の顔が立体化した。

あの男だった。沢原というカメラマン。

「見たんだ、あんたを」

ひきつったように唇を動かして、沢原はいった。男はライフルを抱き、無表情でしかも真っ直ぐな視線を向けていた。

「向かいの病棟の屋上に俺はいた。彩子の病室を望遠レンズで狙っていた」

沢原は唇をなめた。

「周りをレンズでなめた。あんたがいたよ、銃を持ってな」

言葉を押し出した。

男が最初、何をしているか沢原にはわからなかった。受付を離れ、向かいの病棟の屋上にエレベーターで昇り、干されたシーツや包帯の間からカメラをつき出したのだ。近くのビル群のひとつの上に、男が腹ばいになっているのを見つけた。レンズをより長いものに変えた。

ライフルが最初に目に写り、次に男の顔が飛びこんできた。それが何を意味するものか、ライフルの銃口から火線を辿《たど》ったとき、初めて沢原は知った。

ケースを屋上に置き去りにし、カメラだけを手に突っ走ってきたのだった。

「あんたは、そんな人間がいるとは思わなかったが——プロだろう。俺がいうのは、つまり人を射つ……」

男はライフルを右腕だけに持ち替え、銃口をおろした。だがその分、銃口の方角は、沢原の足元にあった。

「教えてくれないか」

沢原は残った方の脚も屋上にのせ、左手を扉のノブにかけた。思いきり力をこめて、後ろ手に扉をひいた。

扉は音を立てて閉じた。

男は沢原の面から視線をそらさなかった。

彼は大事な儀式を邪魔されたような、人には見せたくない秘密の時間を犯されたような、漠然とした怒りを感じていた。

「何を」

男が口を開いた。

「彩子の病状を知っているのか」

沢原は訊ねた。おずおずとした、恐れを含んだ目が、鋭く変わっていた。男は顎を引き、無言で沢原を見た。

俺にとっての別れとは常に死だ。言葉もなく、手も振らず、背を向けあうことすらない。ただ、片方から生をもぎり取り死を投げつける。一方的で不自然でむごい行為なのだ。だが後悔はしなかった。後悔を一片でもするなら俺は殺人を犯せなかったろう。機械的にこなしていたからこそ続けてこられたのだ。だがいつからか殺した人間によく似た顔つきの人間を街や写真で見かけるようになってからは、俺は恐くなった。それでも殺人をやめることはできなかった。やめるといえば、俺を殺す者がいたからだ。死を投げつけていながら、自分の死だけは、俺は考えなかった。それは考えることが許されなかったからだ。しかし、やめることを意識してから、俺は自分の死を考えるようになった。そして、それは恐ろしいことだった。女がいたから。代わりに、俺は自分の恐ろしさを女に分け与え、負担してもらおうとした。そうすることによって、自分の破滅をわずかでも延期することができると思ったからだ。しかし、いつか来るとはわかっていた。気が狂うか、生きたまま地獄に落ちるのか、どんな状態かはわからないが必ずやって来ると思った。だから俺は女を巻き添えにした。本当に惚《ほ》れた女を巻き添えにした。

「頼まれたのだ」

短く男はいった。

沢原は男を見つめた。男は老けていた。ひどくやつれていた。そして、まちがいなく悲しみに打ちひしがれていた。おそらく、男にとって許されよう筈のない、他人の死に。

「彩子を自分の手で殺したかった？」

いってから、不意に沢原は、自分がひどく残酷な言葉を発したように思った。

本当に彩子は、男に自分を殺してくれと頼んだのだろうか。彩子ならするような気もした。

「射てよ」

沢原の唇を言葉が突いた。

「射つんだ。彩子を射て、彼女がそう望んだのなら射て。あんたはプロなのだろ、射て」

俺にとっては別れすらなかった。ただ行き過ぎていっただけだ。何の関わりもない人間達の、ごく小さな生活の断片を切り取る。ただそれだけだ。切り取られた奴《やつ》がほんの小さな痛みすら感じることもない。俺は神か？　絶対超越の第三者なのか？　水晶球も、ジャムの酒盃も持たぬ俺がファインダーを通して、奴らの一片を切り取ったとて、一体何が起きるというのだ。何も起こりはしないのだ。

「どうした、何を突っ立っている。射て」

男は沢原を見返していた。悲しみが消え、澄んだ、再び何も読みとれぬ視線だけがあった。

沢原の全身をいいようのない衝動が揺さぶった。脚が震え、下半身が溶けた。

だが、頭だけは醒めていた。手指は冷たく、カメラを握っていた。

それでも俺はシャッターを押すだろう。

沢原は思った。

他に何もできないから、せめて男が彩子の病んだ肉体を、熱い弾丸で射抜く、その様を撮るだろう。そして、この男は彩子を殺した後は我に返り、俺を殺そうとするにちがいない。

雲が流れ、弱く照っていた日がかげった。都会の騒音が、自分達をとり巻いていることを意識し、沢原は自分の死を感じた。

全身の毛穴から吹き出す汗の感触があった。

男は無表情のまま、踵を返した。そこに在る沢原を無視したように腹ばいになる。

男が型を作る動作には、完璧《かんぺき》な雰囲気があった。無駄のない機能的な動きだ。

右肩にストックを当て、眼をスコープに当てたり外したりしながら照準をあわせてゆく。

今、呼吸に伴う背中の動きすら沢原には、はっきりと見えた。その振幅が小さくゆるやかに変わる。男の指がトリガーにかかった。

沢原は膝をつき、男の頭の上から、彩子の病室にカメラを向けた。ピントが合わず、彼は焦った。射ち抜く瞬間を捉えるのだ。

今にも銃声が耳をつんざきそうな気がして、沢原は、もどかしくレンズを操った。

男は射たなかった。

ピントが合い、沢原は彩子の病室に異変を知った。病棟からファインダーをのぞいた時には、かかっていなかった薄いレースのカーテンがおりている。

そしてそのカーテンごしに、白衣の男達の後ろ姿があった。レンズをひくと、医師の一人が横たわる彩子の上にかがみこんでいるのが見えた。看護婦が数人、慌《あわただ》しく病室を出入りしている。

かがみこんでいた医師の一人が身をひいたとき、グリーンの小さなスクリーンが見えた。

それが何であるか、沢原にもわかった。そのスクリーンに写る、彩子の心電図までは沢原の眼は捉えることはできなかった。

不意に身をひいた医師が直立した。とり囲む看護婦も直立した。

無言劇が何を意味するのかを沢原は知り、体が屋上面にのめりこむような重さを味わった。

ファインダーの中の人間達は合掌していた。合掌し、彩子の肉体に黙礼をした。

沢原はカメラをおろした。男は平たいツールケースに、無言でライフルをしまおうとしていた。

虚ろになった沢原の目と男の目が合った。男は素早く、視線を手元のケースに戻した。蓋をおろし、掛け金をかけるカチリという音が小さく響いた。

男は一度たち上がってから、かがみこんだ。自分の足元に散らばった、煙草の吸い殻を拾い集めているのだった。

望まぬ者に、ひそやかに、そして一方的に死を送った後の、男の習性だった。自分の痕跡《こんせき》を、できる限り消して立ち去る。

俺は殺さないのか——沢原の喉《のど》に、その疑問がつかえていた。しかし、耐えるように、黙々と吸い殻を拾い集め、ポケットにしまう男に、沢原は黙っていた。

男はツールケースを右手に持ちかえ、うつむいたまま歩み出した。沢原とは決して、視線を合わそうとしない。

男が沢原の傍らをすり抜け、背後の扉がきしんで開き、閉じる音が聞こえた。沢原は動かなかった。

じっと立ちつくし、無言劇の終わった彩子の病室を、病棟を、病院全体の建物を、街を、レンズを通さぬ、己の眼で見つめていた。

空中ブランコ

1

ホテルの中二階にある駐車場は、無人の籠《かご》だった。キイを抜いて降り立つと、「EXIT」の矢印を目で捜した。コンクリートの床から、気持を萎《な》えさせるような不安感が這《は》い昇ってきていた。雨のせいではない。

視線に気づくのは、いつも背中とは限らない。同じ地に踏みしめる足が、潜む者の重みを知ることもある。

蛍光灯を照り返す車体の群れを縫って、エレベーターホールへと向かった。

ボタンを押すと並んだ扉が、ふたつとも開いた。左側の箱に入り、最上階のボタンに触れた。閉まりかかる扉を押し返し、外に出る。

右側の箱に入った。ボタンを押さず、中で待った。扉が閉まると、宙に浮かんだ箱に閉じこめられる。

ネクタイを外した。中から見て左側、操作盤とは反対の側に、肩を当て腰をおとした。扉が開き、茶のブルゾンの肩が視界をおおった。のびあがると、入ってきた男の背後からネクタイを回した。

喉《のど》にかけ、両手に絞りこんだ。反射的に男の両手が上がった。まだ若い。頭をそらせ、その手をさけながら、男の額を、エレベーターの壁に叩《たた》きつけた。

男の口から呻《うめ》きが洩《も》れた。

「なぜ尾《つ》ける？」

返事のできよう筈《はず》がなかった。これから私が会うことになっている人間がくれた絹が、喉にくいこんでいる。

私はもう一度男の額を叩きつけた。手がさがり、男の膝《ひざ》がゆるんだ。壁にその頬《ほほ》を押しつけ、私は右膝を男の背にかけた。

ネクタイをゆるめ、もう一度訊《たず》ねた。

「なぜ尾ける」

男が荒い息を吐き、唾液《だえき》をこぼした。

「『研修所』か、え？」

「知、らん。何のことだ、離せ」

「首が折れるぞ、私のことは知っているのだろうが――」

「俺《おれ》は、人に会おうとしているだけだ」

「そうかい」

ネクタイの端を二本とも右手に持ちかえ、左手で男の脇《わき》を叩いた。紙入れを見つけ、中味を床に撒《ま》いた。身分証の類いはどこにもない。

向き直らせると、平手で男の鼻を殴りつけた。うつむこうとする顔をひき上げる。血が噴き出す。右手で喉をつかみ、左手を髪にかけた。血が噴き出す。歪《ゆが》んだ顔は日に焼け、歯をくいしばっていた。

身をよじり、私の股間《こかん》を蹴上《けあ》げようとした。膝でブロックしておいて、左手の拳《こぶし》で短いジャブをうちこんだ。呻《うめ》いて、血を吐き出した。

「何人いる、お前の他に」

「誰《だれ》が、教える――」

殴った。

「ふた、ふたり」

「どこだ」

「下だ、ロビー」

「どこから尾けてきた」

「六本木、お前のアパートだ」

「どうして」

返事をやめた。殴った。答えない。

もう一度殴った。

「で、んわだ。い、いずもの電話が、お前の店にかかった。会う、といった、から」

午前中、かかってきた電話のことだ。かけ先を探知して、尾行したのだ。

「なぜ、マークする」

顔をおおって体を丸くした。

蹴ろうと、脚を引いたところで、英語のやりとりと足音を扉の向こうに聞いた。次の階のボタンを押し、箱を上昇させた。

「私に構うな、と伝えろ」

男の首からネクタイを外し、エレベーターを出た。男はうずくまったままだった。

反撃しようとしないのは、苦痛のためではない。脅《おび》えと敗北感が、体を萎縮《いしゅく》させているのだ。格闘の訓練をいかに受けようと、戦いの場における精神力は、経験によってしか強化されない。

次の階まで非常階段を使い、踊り場でネクタイを締め直した。それから別のエレベーターを使い、最上階まで昇った。

足音を吸収する厚い雲の果てに酒場がある。膝の下をもつれたピアノジャズが流れていった。

バーの入口に立ち、緊張した。暗がりに顔を捜す。私を見知った者、私が見知った敵、がそこにいないか。私の記憶に触れてくる顔はなかった。

バーの中に入った。

タキシードを着た男たちがそこには多かった。大柄で存在を誇示するテキサスタイプの白人、ジュースのグラスを唇にあてながらも、神経質に目をギョロつかせるアラブ人、彼らはたいてい隅のテーブルに二、三人だけでかけ、周囲と自分たちを切り離している。パーティが終わったばかりなのだ。どのテーブルにも外国人たちにはさまれて日本人がいる。他国の経済に侵入し、攪乱《かくらん》することがお手のものの男たちが、今夜は自分たちのフィールドに敵を迎え入れている。

そこにいるすべての男たちの注目の対象が奥の席に一人でいた。オレンジ色のカクテルドレスを着ている。肩がのぞき、淡い照明を反射していた。色の白さは、白系ロシアの血が混じっているからでもある。普段は無造作にかきあげる髪を結いあげ、耳から下げた二個のダイヤをひきたたせている。

何ものっていないテーブルから顔を上げ、私を見た。私は、店に入った瞬間から人々を観察している。失望と意外、そして嫉妬《しっと》を見た。潤いと邪悪な優雅さを含んだ瞳《ひとみ》、非のうちどころのない口元、広い額、が私を待ちうけている。彼女が持っているのは、単なる美貌《びぼう》と知性だけではない。

独身の女性としては日本で十指に入る財産を手にしているのだ。

テキサス男が小さく呪《のろ》ってグラスを干した。そっと吐き出した言葉が私の気持を少しばかり愉快にした。

「糞《シット》！」

腰をおろすと彼女に訊《たず》ねた。

「お酒を飲みたいといったのは君だが――？」

「なぜ」

「グラスがない」

微笑をうかべた。

「パーティで飲みすぎたのかな」

「あれはただのアルコール。相手がいて、お酒」

ウェイターが歩みよってきてオーダーを訊ねた。彼女がブランデー、私がジントニックを頼んだ。ウェイターは銘柄を訊ねもせずに立ち去った。彼女のことなら何でも知りつくしている、といいたげですらあった。無論、その筈はないのだが。

「お店、どう」

「順調にいっている。私という荷物をのぞけばね」

笑みが大きくなった。

「ひがんでいるの」

「退屈している、らしい」

「人々の噂《うわさ》では？」

「噂では」

「わたしもそう。どこかの国――悪いわね、こんなこといっちゃ――の王様がいらしたとかで」

「知っている。君がパーティに出向いたお陰で、出雲興産はタンカーの行先をまたひとつ増やしたそうだ」

「外れね。もうおつきあいはあるの。今夜はアフターサービス」

「そいつは凄《すご》い」

「意地悪、せっかく一緒に飲めると思ったのに。奢《おご》ってあげないから」

「やれやれ、私の店で飲めばよかった」

「出雲三津子、六本木のバーで女子従業員のジェラシーの視線に焼殺される。ぞっとしないわ」

彼女を知って八年になる。初めて会ったとき、彼女はデザイナーを志し、パリに住む強《したた》かな娘だった。家柄や財産に恵まれたわけではない。留学の費用はすべて独力で稼ぎだしたのだ。日本に戻ってからしばらくして、私たちは生活を共有した。やがて彼女は、当時の私の仕事を知り、離れていった。

空白があり、二年前にそれが埋った。彼女の死んだ夫がそれを埋めた。死ぬことによって埋めたのではない。四十も妻と年が離れた夫は、私にある仕事を望み、私がそれを果しているさなかに病死したのだ。

私が考えていることを見抜いたように三津子がいった。

「静かな生活。あなたが望んだ」

「そう、満足している」

「嘘《うそ》が下手ね。小市民になろうと思ったら、もっと上手に嘘をつかなくては駄目よ」

「いいだろう。君は私の小市民度をテストするために呼び出したわけか」

「ちがうわ」

私を見つめ、膝にのせた小さなバッグを開いた。ロングケントの箱ともうひとつ何かを取り出す。手のひらに握りしめ、テーブルの下から私によこした。

二センチ四方に満たぬ、黒いちっぽけなケースだった。短い尻尾《しっぽ》がついている。見た瞬間から、何であるか見当がついた。

「裏側が磁石になっているの」

煙草《たばこ》に火をつけ、私を見上げた。目が光っていた。

手の上で転がした。かつて幾度もお目にかかった代物だ。使い、使われてきた。

「どこで？」

「軽井沢」

グラスをおろして三津子は答えた。普段に比べ、化粧が濃いにもかかわらず、グラスのふちに口紅を残さない。自然な仕草だが、誰にでもできる芸当ではない。

「君の別荘か」

三津子は軽く頷いた。

「他にもいくつかある筈だ。ひとつだけということはありえない」

「多分。でもなぜ」

私はグラスをゆすった。泡が緑のきれはしを包んだ。

「『研修所』かもしれない」

三津子が手をさしのべた。重ねられた腕に、金のブレスレットの感触を鋭く感じた。

「放っておく気はないの？　宮崎というあの男は？」

「宮崎はもういない。あの男を逮捕するモサドとの連携作戦に失敗したのだ。それで更送されたよ」

「では誰？」

「新たにあのセクションのチーフになった男だ。賢く、冷静で、臆病さを兼ねそなえた人物にちがいない。『研修所』にはそんな人間が必要なのだ。

私には戸籍がない。私の出生届、死亡届、それらはどこの役所にも存在しない。私は存在しない人間である。

私の本名と戸籍は、私が『研修所』と呼ばれる、国の機関で働き始めた年に抹消された。『研修所』は通称であり、隠れミノである。公の名称を私は知らない。公の名称など存在しないかもしれない。

二年以上前、私はあることが原因で『研修所』を辞めた。だが『研修所』はリタイアした人間を、そのまま放置しておいてくれる程、寛大な組織ではない。私にとってはわずらわしい、干渉と監視がついてまわった。

それをすべてなくし解放してみせる、といったのが三津子の死んだ夫、出雲昌平《しょうへい》である。彼は、戦後、一隻の中古タンカーと才覚を武器に、経済界の中枢部にまで食いこんだ怪物であった。出雲興産を中核とする石油コンツェルンの総帥は、前妻の死後、デザイナーとして頭角を現わしつつあった三津子と知りあったのだ。

七十を越えていた老怪物が私に望んだのは、極めて個人的な復讐《ふくしゅう》だった。私が「あの男」と呼んだテロリスト、成毛泰男を殺すことである。成毛はその前年、ハイジャックに失敗したベルギーの空港で、老人の孫を殺していた。

警察と、日本を含む幾つかの国の情報機関が彼を追っていて、私がそのレースに加わった。

勝者のないレースだった。私がその代行を果したとき、老人はこの世になかった。三津子は莫大《ばくだい》な遺産を受けつぐ未亡人となり、私は行く場所も、するべき仕事もない、ただの人殺しとなった。その私は、三津子の協力でバーのオーナーになった。半年前からである。

「考えているのね」

三津子がいった。

「『研修所』が今さら私に求めることは何もない筈だ。訓練からも遠ざかっている。それに、人殺しをする気はもうない」

三十五を過ぎれば老兵となる世界である。老兵に求められるのは、弾丸よけとしての肉体ぐらいのものだ。

「──失礼」

低いバリトンが私たちの間に入った。私は気づかなかった自分を呪《のろ》いながら振りかえった。

「出雲夫人でらっしゃいますな」

私の存在をまったく無視した男が立っていた。タキシードを着、非のうちようのない身だしなみをしている。四十五、六か、誇りと力に満ちた笑顔を三津子に向けていた。

「中央通商の常務で、神野と申します。パーティの間、ずっと拝見させて頂いておりました」

さしだされた手を三津子は冷ややかに見つめていた。つっと立ち上がり握った。

「いや、どこにいらしても目立つお姿ですな──」

三津子の口元に笑みが宿った。

「あら、神野さん、文学部でらっしゃいますの」

「は……？」

「たった今までこちらとシェークスピアについてお話ししておりましたの」

「いえ、私は……」

男の顔に戸惑いの色がうかんだ。

「よろしければ御一緒にいかがかしら。素敵なお話ができそうですわ」

笑みはますます広がった。意地悪げな光が目できらめいた。

「いえ、私はそういうことでしたら……」

「残念ですわ、それじゃまたの機会に……」

一揖《いちゆう》して私に向き直った。有無をいわせぬ鮮かさだった。男は途方に暮れたように、三津子の横顔を見つめ、歩き去った。

「皆、興味があるのよ。出雲昌平の後妻に入りこみ、遺産を手中にした若後家に……」

わざとらしく三津子は溜息《ためいき》をついた。

「出雲興産の株価が下がったら君の責任だな」

「我が社の株は非公開ですのよ」

おかしさをこらえるように三津子はいった。が、すぐに真顔に戻った。

「今朝、それを見つけたわ。軽井沢の茶室を改装工事したの。そのできを見に行って、出雲の使っていた書斎のデスクから――」

「電話をしてきたのはそこからか？」

「いいえ、一階のホール、なぜ？」

「尾行されたのだ、ここに来るとき」

目を瞠《みひら》いて私を見つめた。

「ずっと前からしかけられていた筈はない。寿命がそれほど長いものではないのだ」

メーカー名、製作国、何の刻印もうたれてはいない盗聴器である。決して、雑誌の通信販売などで買える代物ではない。

「工事はいつからしていた？」

「ひと月前、始終、人間が出入りしていたわ」

「おそらく、その間だ」

小さく頷いて、私を見た。怒りが瞳にあった。

「迷惑をかけてしまった」

「そんなことは思っていないわ」

「何を望む？　ここの勘定を持たす他に」

小さく微笑んだ。

「四月の軽井沢に出かけるのはどう？　誰が、何のために、わたしに与えられた城を汚したか、それを知りたいわ」

「何日かけて？」

「何日でも、わたしを一緒にいさせてくれるなら、あなたが居たいだけいればいいわ」

そうしよう、と私は答えた。

三津子は頷いて、盗聴器をバッグにしまった。彼女は気づいていない。外された盗聴器は、監視者に異変を悟らせる。

しかも盗聴は、私に対してではなく、まず三津子に対して行われたのだ。

私にはその理由を知らずにすますことは、できなかった。

2

六本木の交差点近くに車を乗り捨てた。雨脚は早くなってきているようだ。人間の渋滞を避け裏道に入り、坂を下った。

短いスカートをはいた娘たちが行きすぎると、軽やかな欲望が匂《にお》う。無縁な中年男はコートの襟を立ててビルの地下に飛びこんだ。

茶のガラス扉の片隅に「Pensée」と小さく金文字が入っている。存在を見落とすほどの小ささではない。

ピアノを弾く、泉《いずみ》の姿が目に入った。

「サテンドール」。首を傾け、私に合図する。

カウンターの端、私の指定席が空いている。店が決めたのでも、私が決めたのでもない。半年の時間が決めたのだ。

腰をおろすとマークがビフィターの壜《びん》を取り上げた。金髪に青い目、日本語、英語、フランス語を自在に操る。背の高いグラスにジンと氷を入れ、開栓したトニックウォーターと共に、私の前に置いた。

客の入りは四分というところか。午前零時前に空《す》き、一時を過ぎるとまた混む筈だ。マークが小皿にライムのスライスをのせた。カウンターごしに手がのびて、その一片をつまむ。演奏を終えた泉だった。

「雨の日って好きだわ。街を歩いてみました？」

「ここまで、ね」

「こんな晩は、お酒を飲む以上に良いことがあるかしら」

「あるとも。部屋に帰って鍵《かぎ》をかけ、貯まったチップの額を数えるんだ」

「社長がリアリストだとは知っていたけど」

緑の皮をそっと口から取り出して、首を振った。腰まである長い髪をちりちりにし、およそジャズピアニストには見えない原色の木綿のドレスを着ている。彼女が喋《しゃべ》ると、ライムと薄荷《ハッカ》が香った。

「すわっているのに飽きたんだ」

「まだ退屈しているんですか」

灰皿を換えにきた圭子という娘がいった。彼女の他に二人、「パンセ」にはアルバイトの学生がいる。泉の話では、彼女たちがこの店にいるのは店長の島《しま》のつき出た腹が可愛いからだけではない、そうだ。三津子もほぼ同じ意見を持っていた。

「かもしれない」

「店を畳みたくなりましたか」

島が囁《ささや》いた。小柄で丸々と太っており、頭には毛が殆《ほと》んどない。華奢《きやしや》で器用な指先と、たやすことのない口元の笑みも持っている。

この男の真価は、タキシードを着たときに発揮される。蔡《さい》という名の中国人が、彼を私に推薦した。あるいは私を彼に推薦したのか。一年前のことだが、大きなホテルとふたつのレストランクラブが島を欲しがっていた。今でも欲しがっているかもしれない。

「遠からずそうなるとわかっていたような口ぶりだな」

悟りをひらいた宗教家のような笑みを島はうかべる。最初に彼と会った時もうかべていた。蔡の経営するいささか怪しげな横浜のクラブで会った晩、島はすべての誘いを断わって私の元に来た。

「社長に似合う店なのですがね。これだけのものはもう造れないでしょう。箱ができても人が揃《そろ》わない。従業員だけじゃなく、お客様も含めて」

「懐柔策か」

島は首をふった。

「私はそれこそ何千という酒場を見てきました。本当のことです」

「君が造ったんだ」

「私は手伝っただけです。マークや泉さんと一緒にね」

「私は『パンセ』が好きよ。社長と同じくらいに」

泉はいつもストレートだ。思いやりに富む反面、自分の気持を隠そうとはしない。彼女が鍵盤《けんばん》の前にすわらなくとも、客は彼女の存在に気づかされる。

この店で私を社長と呼ぶのは、島に泉、そしてマークの三人ぐらいのものだ。彼らとて客の前では「加瀬さん」と呼ぶ。表向きも内実も「パンセ」は島が切り回している。私がしたのは、島を全面的に信じる、それだけのことだ。

こうして半年前から私はこのバーのオーナーになった。満卓になれば四十五名の客を収容する「パンセ」には常時、七人の従業員がいる。茶とアイボリーホワイトを基調にし、ジャズと良い酒を売り物にする店の、私は従業員のうちに入らない。ここに私の仕事はない。

今ではどこにもない。

私の最後の仕事は一年前に終わった。そのとき関わった人間たちで生き残り、今もつきあいがあるのは二人だけである。三津子と蔡だ。

「『パンセ』がなくなったら、社長はもっと退屈すると思いますよ」

ジントニックのお代わりを私の前に置いてマークがいった。

「アル中になるかもしれない」

私はいった。

「成程、売り物でなくなれば、幾らでも酒に手をつけることができますからね」

マークが片目をつぶった。相手は私ではなく泉だった。

「じゃあ、私も売り物でなくなれば良いのね――」

「いらっしゃいませ」

マークが叫び、私は振り返った。二人の男が、私の店に侵入していた。入ってきたのではない。なぜなら、一人は見覚えのある男だったからだ。

「K卓に私のボトルを。誰も来る必要はない」

私は島に目配せしていった。島は軽く頷いた。彼は、かつて私が何をしていたか知らない。だが、感じてはいる。

私は席を立ち、男たちを迎えた。

「こちらへ――」

島が、他の客からは離れた席へ誘った。

腰をおろし、向かいあった。二人ともきちんとしたなりをしている。一人は長身で眼鏡をかけ、上品なスーツを役者のように着こなしていた。もう一人は、連れよりは年下で、私と同じ年である。白いものが混じった髪を後方になでつけ、疲れたような目つきをしている。目の下には隈《くま》ができていた。その男がいった。

「久しぶりだな、加瀬」

「乾杯をするか」

私はバーボンの水割りを彼らの前に置いていった。小田切という、かつての同僚は答えた。

「やめとこう。こちらは――」

「堂本だ、宮崎さんの後任をしている」

深味のある、心地良い声だった。四十七、八か。その職責を考えれば、驚くほど清潔な雰囲気をまとっていた。

「用件を聞こうか」

小田切は堂本に眼をやった。堂本は、無表情に私を見つめていた。この男はどこから来たのだろうか、私は思った。

「研修所」にいた男ではない。高級官僚の冷酷さを感じさせもせず、といって暖かさを見せるわけでもない。未知のタイプだ。

「出雲三津子と会ったな」

小田切が言った。

「それで？」

「君たちの関係はわかっている。別れろというつもりはない」

「いう権利もない筈だ」

私はいった。

小田切は頷いた。

「だが、今度の一件には構わないで欲しい」

「先に構ったのはそちらだ。尾行を私につけた。彼女にもつけている筈だ」

「それは我々ではない」

堂本が口を開いた。小田切が口を閉じ、上司を見やった。

「ほう」

「我々のところに要請がきた。君に手をひかせて欲しい、と」

「尾行をしていたグループから？」

小田切が頷いた。

「何者だ」

二人とも黙っていた。やがて堂本がいった。

「君には直接関係のないグループだ」

「三津子にはどうだ」

「出雲夫人もそうだ」

「信じられんな。では、なぜ尾行をつけた」

「必要なのだ。我々は泣きつかれたのだ。君が、尾行をしていた人間を一人痛めつけた。彼らはすでに君を調べ上げてはいた。しかし、君のそういった行動は予期しなかったのだ」

「成程。それで、あんたたちが頼まれて来たわけか」

「皮肉はやめたまえ。嘘はいっていない」

「いつから、そんな仲良しグループができたのだ？　宮崎が辞めてから、方針が変わったというわけか」

堂本は私を見つめ、穏やかな笑みを浮かべた。

「あるいは」

「私は、『研修所』を、円満退職したわけじゃない。それは知っている筈だ」

「何もかも知っている。君の力が抜けたことは、残念だと思ったよ」

「こちらは残念には思っていない」

「わかっている。ただ、軽井沢に行ってさえ貰《もら》わなければ良いのだ」

「何がある」

堂本は首をふった。不思議な男だった。妙に悲しげな色を目にたたえている。

「教えなければ、行く気かね」

「その通りだ」

「よかろう」

堂本は目をそらせた。店内を見渡す。

「素晴らしい店だ。私もジャズは好きなのだ」

「いつか御招待しよう」

堂本は微笑んだ。

「それでは、失礼する」

「脅迫は嫌いなのか」

「少なくとも、私のやり方ではない」

立ち上がった。百七十八センチの私より、五センチは高い。スポーツマンの体型をしている。

「またお会いしよう」

　いって、出ていった。私は彼らを見送るとカウンターに戻った。

「しばらく店には来ない。旅行にいこうと考えている」

　歩み寄ってきた島にいった。

「何日ほどいかれますか」

「わからない。多分。二、三日だろう」

「承知しました」

　私はグラスを干し、出口に足を向けた。

「社長――」

　島がいった。

「お気をつけて」

　軽く頷いて、ステージの前をよこぎった。泉が挨拶を終え、演奏に入ろうとしている。

　スポットごしに私を見た。

「恋人よ我に帰れ《ラバー・カムバック・トゥミー》」

　私がピアノの前を通りすぎると、溜息をつき鍵盤に目を戻した。

3

浅間山がはっきりと見えた。黒っぽい地肌を、淡い雲間にのぞかせている。夏ならば濃い緑がおおってしまうであろう視界はまだ葉を落としたままの茶が、隅に映るだけだ。

　別荘は北軽井沢に近く、周囲に家並みが乏しくなったあたりに建っていた。丘の中腹にあり、ふもとからは細い舗装《ほそう》路が一本のびている。その両側にポッポッと建物が見えている。最も近い家は、百メートルほどその坂を下った地点にあるレンガ色の洋館だった。大きな天窓が鈍い光を反射している。

　三津子が使用している建物は二階建ての和風建築で、改装されたという茶室は、そこだけが洋間の、吹き抜けになった一階ホールの隣にあった。買いこんできた食料品を彼女がキッチンで処理する間、私はそのホールの正面に据えられた暖炉に火を起こした。暖炉の反対側にはテラスに通ずる大きな窓がある。雨戸を外し、そこからの眺めに見入っていたのだ。

　部屋は全部で十室ある。二階が六室、一階がホールをはさんで四室という配置だ。ホール以外には電力による暖房が入る仕組みになっている。各室の佇《たたず》まいはむしろ質素で、凝った装飾といえば、ホールの壁にかけられた百号クラスの浅間《あさま》の絵ぐらいのものである。

テラスで煙草を一本灰にした私は、本来の仕事にとりかかった。まず、別荘内にひきこまれた電話をチェックすることから始めた。

一階の、老人が使っていた書斎とホール、二階の寝室のひとつ、計三ヵ所に電話は置かれている。それから盗聴器を発見することはできなかった。家具の少ない日本間では、盗聴器の隠し場所に苦労するものだ。二階の各部屋を虱《しらみ》つぶしに捜したがそこにもなかった。

続いて一階にとりかかった。一階には茶室と書斎の他に、茶の間として使われている掘炬燵《ごたつ》をきった和室、この家の主用と思われる寝室がある。三津子と老人もその部屋を使っていたのだ。無益な考えを捨て、寝室から始めた。電灯の笠《かさ》の中からひとつ見つけ意味のない満足感を得た。

感度の高い盗聴器は一室に一個で充分である。他の部屋を捜した。

茶室、ホールでやはりひとつずつ見出した。ホールでは百号の絵の額に隠されていた。

それらをすべて二階のトイレの水槽に沈め終えると夕食の時間になった。

「時間があまりなかったから……」

灯《あか》りを絞ったホールのテーブルに、三津子がTボーンステーキとサラダを並べた。地下室に保管してあるワインを私が取りに行き栓を抜いた。

「収穫を聞かせて」

ナイフを取り上げ三津子がいった。セーターの袖《そで》をまくりあげ、頰を上気に染めている。ナイフの刃身に暖炉の炎が反射した。

「結論からいおう。ここの盗聴器は私と君を監視するために仕掛けられたのではない」

驚いたようにナイフの手が止まった。私はワインを口に含んだ。私にとってワインとは二種類しかない。後味の良いものと悪いものだ。出雲昌平が遺したワインに不満はなかった。

「理由は、二階の客間に一切仕掛けられていなかったことだ。盗聴器を仕掛けた人間は、監視をする対象が何者であれ、ここに寝泊りする可能性がないと踏んだのだ」

「一階の寝室には？」

「あった。しかし、私と君が必ず同じ部屋で寝泊りするとは限っていない」

三津子の眼に怒りがうかんだ。

「あなたがそれを望むならわたしは――」

「待ちたまえ。監視者には断言できない、ということなのだ。即ち、この別荘の泊り客を監視しようというのではなく、ここに来るかもしれないが、決して泊まってはいかない人物なのだ。盗聴器を仕掛けた本当の目標はね」

「一体、誰のことをいっているの？」

「それを私が訊《き》いている。この別荘をしばしば訪れ、しかも泊まってはいかない人物だ」

肉をゆっくりとかみしめ、三津子は眉根《まゆね》を寄せた。ワインをひと口飲み下し、答える。

「まず思いうかぶのは管理人夫婦だけど、あの人たちを監視したって意味がないと思うわ」

「こちらでの交友範囲はどうだ？　たとえば出雲老人の他の縁者とか」

「彼らは決してここへは来ないわ。旧軽井沢の方にある本館に泊まるの。それにこの季節はまず来ないし」

「近所づきあいは？」

「そういえば一人だけ。隣、といっても少し麓《ふもと》の方だけど、そこの絵を描いた画家の方が住んでいるわ。佐野光二郎というお年寄りで、長いことあそこをアトリエにしているの」

私は天窓を反射させていた洋館を思い出した。アトリエ用の採光窓だったのかもしれない。

「そこにずっと住んでいるのか」

三津子は頷いた。形の良い歯並みが光った。

「もう二十年近くなるわ。主人とも交友があって、主人が亡くなってからもわたしのことを気に入って下さってて――」

言葉が途切れた。

「どうしたのだ」

「改装工事が終わった後、御迷惑をおかけしましたと御挨拶《ごあいさつ》に行ったの。そうしたら銀髪のきれいなお婆さんが出てらしたわ」

「奥さんではないのだな」

「奥様はずい分前に亡くなったわ。それにその方は、とても上手な日本語を喋《しゃべ》ったけれど日本人じゃなかったの。白人で名前は——」

首を振り、思い出せない、と呟《つぶや》いた。

「どこの国の人間かは？」

「わからない」

「前に会ったことはないのだな」

「ええ。初めて見る顔だった」

「画家は君に彼女を何と紹介した？」

「身の回りの世話を焼いてくれていて、モデルもしてくれる人だと。一年ぶりにお会いしたのだけれど、ひどく痩《や》せて顔色が良くなかったの。病気じゃないかと思ったわ」

「その画家が？」

「ええ。挨拶をするのも大儀そうだった。以前はよく、互いの家を訪ねあったのよ」

画家を監視するために盗聴器を使う人間などいるだろうか。およそありえそうにない話だった。

「他に、心当りがある人間は？」

「居ないわ。こちらで会うのはその人ぐらいのものよ」

盗聴器が出雲昌平の存命中に仕掛けられたとは考えられなかった。もしそうならば、とっくに撤去している筈である。第一、改装された茶室にあるわけがない。

食事を終え、食器を片付けた三津子と暖炉の前にすわった。彼女がドライシェリーを運んできた。

「あなたとここで飲めるとは思わなかった」

小さなグラスを愛《いと》おしそうに両手ではさんだ彼女が呟いた。火の温《ぬく》もりと肌の温もりと時の温もりを感じた。

「酒も商売物でなくなれば思う存分飲める」

「何のこと」

「いや。何でもない」

髪をかき上げ、私の胸にもたれた。爆《は》ぜ、のびあがろうとする炎を見つめた。

「忘れていないわ。電話がかかってくる。するとあなたは部屋を整理するのよ。新聞を断わり、冷蔵庫から腐りやすいものを出して、他の屑《くず》といっしょに捨てる。それから出ていく。そのたびに帰らない、と思ったわ」

「行くところはない。今の私に」

「それが不満なのね。危険がない、敵がいないことに」

「まさか」

「あの仕事を嫌ったけれど、自分を脅やかす存在がなくなることには耐えられないのよ。

生きている証《あかし》なんだわ、あなたにとって」

「そんなことはない」

「嘘ね。今でも、こうしていたってあなたの神経は張りつめている。誰が盗聴器を仕掛け、何を探ろうとしたか、考えているんだわ」

「ずっと頭を働かすことがなかったからだ」

三津子は重い吐息をついた。眼は炎に向けられたままだった。

「あなた、幸せでしょう、今」

「どういう意味だ」

「いいえ。何でもないわ、少し疲れたみたい。ずっと運転してきたから」

「休むといい」

そうするわ、といって身を起こした。一階の寝室に積んだ荷物を開くとバスルームに入っていく。

私は炎を見つめていた。何も変わってはいないのだろうか。殺し、忘れつづけることが任務の条件であった日々。国家の存続のため必要な手段としてとられる除去作業、ひとつひとつに苦痛を感ぜずにはいられなくなって、私は退職した。だというのに何も変わってはいないというのだろうか。

苦しまず人を殺す人間を、許せずに殺した。それが最後の殺しだと信じた。それによって自分が対岸に身を移すことができると考えた。

見える物が変わった。かわされる会話も変わった。日常に、確かに触れてくる何かがあった。

浴室のドアが、遠くでカチリと音をたてて閉まった。私は口をつけていないシェリーのグラスをとりあげた。中味を炎にくれてやる。

盗聴者は、この別荘の近くに潜んでいる筈なのだ。立ち上がり、スイングトップを着こんだ。

4

くっきりとした半円が夜空にうかんでいる。それほど必要になるとは思えなかったが、三津子の車から小さな懐中電灯を取り出した。

用意したスニーカーにはきかえ、坂を下った。濃紺のスイングトップに黒のスラックスを着けている。

右側にずっと雑木の生えた斜面が続き、左側にぽつぽつと家が建っている。腕時計をのぞいた。午後十時八分。老人ならば床に入っていてもおかしくない時刻だ。

冷えこんできたせいか、息が白く煙った。

案の定、老画家が住んでいるという家は灯りを落としていた。既に眠っているか、起きているとしても寝室にいるだろう。立方体を凸型に四つ重ねたような洋風建築で、赤い壁がぼんやりと月あかりにうかんでいる。突出した二階の天窓を、私は三津子の別荘から見ている。おそらくそこがアトリエにちがいない。

二台分ほどの、コンクリートをしいた車寄せが玄関の前にある。古いボルボが一台だけ駐《と》まっていた。しきりの鎖をまたぐと、ボンネットに手をのせてみた。冷えきっている。一階の窓にはカーテンがおりていた。

静かなものだ。

私は建物を半周した。坂に面していない部分は、三津子の別荘と同じで斜面に突出している。異常を感じさせるようなものは何もなかった。

いるのなら、大して離れてはいない筈だ。

坂に戻ると佇んで、あたりを見渡した。空気が澄み、遮蔽物《しゃへいぶつ》が少ないことを考え合わせても五百メートル以内にいる。しかも都会のように駐車中の車をステーションには使えない。シーズンオフの別荘地ではあまりに目立ちすぎる。

この坂に限って考えれば、頂きか麓か、ということであれば麓である。尾行をつける場合、監視所の前を通って行く相手を見失う心配はない。坂の住人が車で移動する場合は、どうあっても一度麓に降りなくてはならないのだ。しかも新たな人間がこの別荘地に現われた場合は、その出現を確実に捕捉《ほそく》できる。

私はゆっくりと坂を下り始めた。老画家の住む家の先に大きなカーブがあり、それを曲がったあたりから両側に別荘が建ち並んでいた。およそ五百メートルの範囲では六軒がその中に入ってくる。そのうちどれかにちがいない。

車が駐まっている建物はひとつもない。当然のことだがどの家も雨戸をおろし、使用されている様子はない。

スニーカーを脱いだ。裸足《はだし》になり他の家から見えない角度で手前の一軒に忍び寄る。巡回の警察官が見れば、申し開きはたたない。別荘荒しか、よくて痴漢である。ありきたりの南欧風の建物であった。張り出したテラスが小さな車寄せの側にもあり、アルミの雨戸がたてられている。耳を押しつけた。

一分間、そうしていた。物音は聞こえない。合格だ、胸の裡《うち》で呟いてその家を離れた。

二軒目は斜め向かいの三階建てであった。都市銀行の社員寮のようだ。同じことをくり返し、同じ結論に達した。

三軒、四軒と無人の建物が続いた。五軒目に向かおうとした時、坂から斜面に下る細い道に気づいた。短く切った丸太が階段状に埋め込まれている。小さなビルの二階分ほど下った場所に木造の平屋が建っていた。懐中電灯の助けを借りて階段を下った。最後の十段を暗闇の中で進む。建物の周囲を藪《やぶ》が包んでいることもあり、特に暗くなっている。

丸木を組んで作られた壁に、中腰で歩み寄った。耳を押しつけるまでもなく、床が軋《きし》む音を聞いた。歯をくいしばり、地面に腰をおろす姿勢をとった。木製の雨戸に耳を当てた。

カチリ、というスイッチ類を操作する音がまず耳に届いた。一人だけなのだろうか、話し声は聞こえない。

ライターが鳴った。低い咳《せき》、嗄《しゃが》れた声が喋りかける。それに答。

間違いはない。ゆっくりと身を起こし、建物を離れた。彼らが喋っているのは日本語ではなかった。

一階段を昇りつめ、三津子の別荘に続く坂を昇った。私が、監視されている人間ではないことがはっきりとした。だが解放されたという意識はなかった。むしろ厄介な方角へ進んでいる。「研修所」も時には盗聴作業を行う。

情報機関としては当り前の業務である。それに従事するのは、監視専門の工作員であり彼らは荒事は行わない。そういった仕事をこなすのは、かつての私やその仲間であった。

しかし、日本人でなければ状況は変わってくる。他国では限られた人数の、その国の状況を熟知した工作員を使わざるを得ないからだ。

三津子の別荘に帰り着いた。

バスローブを着こみ、暖炉の前にすわりこんでいる。

「何も起きなかった？」

私を見上げ、訊ねた。グラスが左手にあった。私は首を振った。

「何も」

「わかったことは……」

「何もない。君は明日どこへ行くつもりかな」

「別に予定はないわ。あなたが望むことがあれば——」

「その画家と連れの女性に会ってみたいのだ」

「……」

どうして、と訊かず私の顔を見つめた。

「いいわ。挨拶に寄ったといえば良いのだから」

私の嘘を見抜いているような口調であった。煙草に火をつけ、炎に目をやった。

私はスイングトップを脱ぎすて、隣に腰をおろした。三津子の肌が香った。胸元からのぞいたふくらみが炎に輝いている。彼女が無言で、頭を肩によせた。

「恐かった」

「なぜ」

「あなたに居て欲しかったから」

「居る」

「ずっと——」

「必要なときだ」

「ずっと」

「そのうち飽きる」

「人でなし」

　グラスを私につきつけた。唇をあて、彼女が傾けるままに中味を飲み干した。熱が喉を下り、胃を溶かして、その下で凝固した。

「明日までは？」

　しばらく彼女が訊ねた。

「ねる」

「寝るの？　眠るの？」

　肩を抱きよせた。留めていた髪がほどけ、私の顎《あご》をくすぐった。私を見上げた。瞬《まばた》きが止まった。

「両方だ」

　私は答えた。


　翌朝十時、遅い朝食を終えると、私たちは家を出た。

「私はどうすればいいの」

「何もしなくていいさ。私は彼らに会ってみたいだけなんだ」

　私は明るく答えた。

　玄関の前まで来ると、門柱のブザーを押した。天候は、こちらに着いて以来、晴れが続いている。

カーテンの裾《すそ》がちらりと動くのを私は見ていた。玄関の扉が開いた。長身で、巻きスカートにヴェストを着けた女が現われた。
六十二、三であろうか。若い頃《ころ》は、美人と呼ぶには厳しすぎる顔だちであったにちがいない。顎や頰の肉づきが、今ではそれを品の良い穏やかさに変えている。だが目だけはちがった。鋭い警戒心と、特別な人間だけが持つ、一生消えることのない激しい情熱がうかんでいる。私だけを見つめた。
「はい」

「出雲です。またこちらに来ましたので、先生に御挨拶を、と思いまして」

持参したワインを、三津子は掲げてみせた。警戒心が消え、笑顔に変わった。

「どうぞ」

銀髪を丸く結い上げた老婆は踵《きびす》を返した。

「お加減はいかがでらっしゃいますか」

「このところ悪くないようです」

驚くほど正確な日本語であった。三津子は早口でいった。

「兄です」

「加瀬と申します」

私はいって頭を下げた。

「どうも。わたし、ニーナと申します」

お辞儀にも慣れている。言葉だけでなく、長期間日本に住んだという証である。仕草が日本人になりきっているのだ。

私たちは一階の、浅間に面した側のテラスに案内された。

「コーヒー、紅茶、どちらがいいですか」

コーヒー、と三津子が答え、私も頷いてみせた。

一階の室内はきちんと片付けられ、イーゼルが数本カーペットの上に並んでいた。どれにもニーナを描いたキャンバスがのせられている。淡い色を基調に、色数をおさえ、彼女の姿だけをくっきりとうかばす手法がとられていた。

三津子が籐《とう》のソファから立ち上がり、それらを見つめた。

「静かだわ。静かな絵」

確かにそこに置かれた絵には静けさがあった。激しさや勢いはない。ひとりの画家とひとりの老女が向かいあい、他には誰もなく淡々と描かれたにちがいない。

乾いた足音が、ゆったりと階段から下ってきた。白髪を後方になでつけ、首から鎖に吊《つ》るした老眼鏡を下げた老人だった。七十前後であろうか。鶴《つる》のように痩せ、病んでいることがすぐに見てとれた。絵具のとび散ったカーキ色の作業ズボンに、エルボウパッチがついた手編みのセーターを着ている。色の薄い茶の瞳が私を見出し、三津子に移った。口髭《くちひげ》ののびた口元がほころんだ。

「よう来たね」

「またワインをお持ちしました」

「そう」

幾度も頷き、ソファを示した。

「まあ、かけなさい」

「兄です」

三津子がいうと、眼が細まった。

「絵描きにはばれる嘘だよ、三津子さん。それにあんたがこの人を見る目には別の気持が表われておる」

「加瀬と申します」

「うん。似合っとる。出雲のような爺《じい》さんには勿体《もったい》ないと思っておった」

ニーナがコーヒーを運んできた。老人と自分には紅茶を置き、隣に腰をおろした。

「ニーナは？」

「先程、御紹介いただきました」

「そう。儂《わし》は佐野という絵描《か》きです。もうすぐ商売替えするがの」

「…………？」

「亡者ちゅうことになる。どうせ出雲の爺さまも地獄におるだろう。あんなに銭儲《ぜにもう》けをしたからには極楽には行けまいて。奴《やっこ》さんに会ったら、三津子さんのことは心配ないと、いうといてやるわ」

「先生！」

三津子がとがめた。

「いや、儂はもってあと一年ぐらいのものだよ。この間、久方振りに東京に帰って医者をやっとる息子に会ったら、『親父は癌《がん》だ』といいおった。尤《もっと》も、儂が無理矢理訊き出したのだがな」

ほっほっほと老人は笑った。

「そんな」

「いいんだ。今、大作にとりかかっておっての。ニーナの絵だが、それを仕上げるまでは医者の世話にも閻魔《えんま》の世話にもなる気はない」

笑いやむと私を見つめた。

「のう、加瀬さん。そうは思われんか」

鋭い目だった。

「大作は今どれほど？」

「御覧になるかの？」

是非、と私はいった。老人は立ち上がった。手を貸そうとするのを断わり、手すりにすがって階段を昇る。口では強がっているが、衰弱が進んでいるようだ。

画材が散乱したアトリエを想像していた私は、二階に上がり予想を裏切られた。あるべき場所にきちんと収められたように、整然と絵筆や絵具が並んでいる。二十畳ほどの部屋の中央に、背凭《せもた》れのない木の椅子《いす》と大きなイーゼルが立っていた。下で見たのとは全くちがう絵がそこにはあった。

穏やかなのは、むしろ背景の浅間山である。そしてその前にやや開き気味に足を開いて立つニーナの姿は激しかった。色彩もうって変わったようにはっきりとしたものになっている。ニーナの面には決意ともとれる厳しさが刻まれている。目には深い悲しみと憤りがあった。

老人の言葉通り、百号クラスの大作である。その老人がポツリといった。

「『最後の闘い』と名付けようかと思っておる」

「最後の闘い、ですか」

「そうだ」

厳しい目で絵を見つめ、老人は頷いた。私に向きなおりいった。

「思わせぶりで、しかも幼稚な題だと思っておるのではないか」

「いえ。そんなことは――」

老人はにこりともしなかった。

「あんたは並みの人生を送っておらんの。出雲も闘うことが好きな男だったが、あんたもそうだ。倦《う》んでも倦んでも、闘いの方であんたを解放せんかった、そうではないか」

「…………」

「まあ良い」

笑顔になった。

「儂はよく出雲にもいったものだ。なぜそう人と争う、となる。もっとゆったり生きることもできように。だが、人は人。その人なりの生き方、死に方があるのだろう。いや、死に方にこだわっているようでは儂もまだまだ未練があるということかな」

「いいではありませんか。この絵を描き、仕上げたら、またニーナさんの絵を描いて下さい。そしてまた未練を持つべきです」

「体が許せば良いがな。このような大作はもう描けんだろう」

答える言葉は私になかった。

「だが儂は今、最も充実した気分でおる。自分が一番必要とする者と、暮らしておるのだからな。だから『生』という題をつけてもよいくらいだ」

「その題で、もう一枚描いて頂きたいものです」

うん、と老人は頷いた。目は絵の方に向けられていた。やがてその視線から鋭さが消え、いった。

「下へ降りようかの」

5

「どう思って」

沈んだ口調で三津子が訊ねた。彼女は人の苦しみを見過すことができない。年老いても尚、互いを愛《いと》おしむ男女の、迫りつつある別れを予感したにちがいない。

「幸福な人たちだ。このままで、そっとしておかれるなら」

私はいった。

坂の途中で三津子は立ち止まった。

「じゃあ、やはりあの人たちが――」

「ニーナという女性にちがいない」

「でもどうして？」

三津子の別荘が見え始めた。門前に車が駐まっている。シルバーグレイのステーションワゴンであった。

「どうやらそれを説明してもらうことになりそうだな」

背の高い黒人と白人、そして中央にはさまれるようにして日本人が私たちが迎えた。

「お待ちしておりました」

中央の日本人が私たちにいった。

「出雲三津子さんですな」

私たちは彼らの二メートルほど手前で立ち止まった。

「そしてそちらは加瀬崇さん。現在は六本木のバー『パンセ』のオーナーでらっしゃる」

年齢は四十五、六というところだろうか。身長は決して低くないのだが、隣の黒人のお陰で低く見える。メタルフレームの眼鏡がどこか教師のような雰囲気を男に与えていた。グレイのスリーピースを着けている。両側の二人はどちらもラフな格好をしていた。

「ようやく登場というわけか」

私はいった。

「堂本さんの説得も効を奏さなかったようで」

「彼女の家に盗聴器をしかけたのも、尾行をつけたのも、あなた方ということか」

「失礼しました。私は飯島と申します。陸幕二部の者です」

「すると両側の二人はCIAといったところかな」

三津子が体をこわばらせた。

「お察しの通りです。私はウォーケン、彼がシンプスンと申します」

黒人が流暢《りゅうちょう》な日本語でいった。

「よろしければお話をしたいのですが――？」

「今もしている」

ウォーケンは空を見上げた。

「いいでしょう。実はミセス出雲にお願いしたいことがあります」

「お断わりだ」

私がいった。

「あなたに話しているのではないのだ、加瀬さん」

飯島が厳しい表情でいった。

「彼女の返事も同様だ、お断わりだ」

「貴様、自分がかつてどこにいたのか忘れてはいまいな」

飯島が顔色を変えた。

「無論だ。だからこそお断わりだといっている」

「待って、どういうことなの」

三津子が割って入った。

「我々は、えー、ある人をミセス出雲に説得してもらいたいのです」

ウォーケンが空を見上げたままいった。

「ある人って……」

「ズーヤ・ゲラシモワ。別名、ニーナという女性です」

「彼女は何者なのだ」

私は訊ねた。ウォーケンがシンプスンと顔を見合わせた。どうやらシンプスンも日本語を理解することができるようだ。

「ソビエトの週刊誌『ボルシェヴィキ』の極東特派記者ということになっている。滞日二十五年、本当はKGBのエージェントだ」

空に答を見出せなかった黒人がいった。

「亡命させたいのだな」

「KGB本部が三週間前、彼女に対して帰国命令を出した。彼女の日本における任期は終了したのだ。帰国すればズーヤは長いレポートを提出し、その後はモスクワ大学で教《きょう》鞭《べん》をとることになっていた」

飯島があとをひきついだ。ウォーケンが口をはさむ。

「東洋美術史だ」

「だが彼女は帰らなかった。後任を出迎えることもせず姿を消したのだ。二十五年もの間、日本から貴重な情報を送り出してきたヴェテランエージェントが裏切るとは、センターも予期しなかった」

「大慌てだ」

ウォーケンが再び空を見上げた。

「西側に寝返れば莫大《ばくだい》な情報量が流れこむことになる」

「そうなればズーヤに対してとられる手段はひとつしかない」

「『空中ブランコ』か。彼女が助かる道もひとつしかない、というわけだな」

私はいった。ウォーケンが大きく頷いた。

「そこで我々の仲間《カンパニー》がズーヤを捜し出し、接触をしようと試みた。二週間前だ。危うく殺されそうになったよ。祖国を裏切るつもりはないらしい。犬死にだ」

「静観をきめこんだ。それで監視体制に入ったというわけか」

ウォーケンが空から私に目を移した。不思議そうにいう。

「なんであんたのような優秀な人材を『研修所』は手放したのだ」

飯島をちらりと見やった。飯島は顔を赤くした。

「加瀬、所属はちがっても国に尽してきたのは同じだ。協力しろ」

「あんたは現在、私は過去だ。それに私は国に恩義を感じたことはただの一度もない」

私は冷ややかにいった。


「貴様――」

三津子がいった。

「もしわたしがニーナを説得しなければ彼女はどうなるの？」

「処刑される。もし彼女が西側の人間でも、同じことをすれば本部がとる手段は同じだよ」

それこそ私が「研修所」で行ってきた仕事であった。

「彼女と佐野先生を放っておくわけにはいかないわ」

「その通り。じきにKGBの連中がここにもやって来る」

ウォーケンがいった。

「協力しなければ密告するといって彼女を脅したのか」

私は訊ねた。誰も答えなかった。

「そうか。既に密告したのだな。彼女が襲われるところを救って恩を売る気なのか」

再び答なし。三津子が怒りに表情を変えた。ゆっくり足を踏み出す。

「何という人たちなの」

「シナリオなのだ、三津子。失敗してもこの連中が失うものは何もない」

私の言葉が彼女の動きを止めた。

「どうすればいいの」

私をふりかえった。

「ニーナを助けたければ、彼らのいう通り説得する他はない。だが君も危険に関わりあう」

「私は平気よ。あなたが居てくれるなら」

「今の私には何もできない」

「嘘。あなたならできる」

「これ以上はないボディガードだ。殺しのプロだからな」

飯島が表情をおし殺していった。私は彼に向き直り、静かにいった。

「もう一度いったら、あんたを私の復帰記念第一号にしてやろう」

飯島が蒼ざめ、口を閉じた。私はウォーケンにいった。

「彼らを今夜夕食に誘う。もしそれまでにＫＧＢが襲ってきたらどうする？」

「大丈夫だ。連中が知るのは今夜遅くだ」

「成程。良いシナリオライターがいるのだな」

私は右手をさし出した。ウォーケンがシンプスンを見た。飯島が慌てていった。

「駄目だ。この男をそこまで信用できない」

シンプスンは無言で肩をすくめた。

ウォーケンがスタジアムジャンパーの中に吊った拳銃を抜いた。九ミリ口径のオートマティックだった。私の手に預けた。

「人を殺すためには使わない。守るために使う」

私はいった。ウォーケンは答えなかった。

6

その夜、三津子の誘いが効を奏し、佐野老人とニーナが彼女の別荘に現われた。あたりさわりのない会話のうちに夕食が進み、シチュー鍋《なべ》が空になった。三津子がドライシェリーを出し、我々は暖炉の前に座を移した。

「よくここで出雲と碁をやったものだ」

佐野老人が呟いて、シェリーをすすった。

「私も会ったことがあります」

私はいった。

「ほう？」

「三年前、彼の孫をベルギーで殺したテロリストに復讐《ふくしゅう》をするよう依頼されたのです」

三津子と楽しげにお喋りを交していたニーナが言葉を途切らせた。私を見つめた。

軽く頷いて、老人は目を閉じた。

「で、あんたはそれを果したのかね」

「ええ。しかし出雲氏はそれを知る前に亡くなりました」

老人はゆっくりとかぶりを振った。

「なぜ、それを儂に？」

「ここには盗聴器はしかけられていないからです。少なくとも私たちには、あなたとニーナさんの平和を乱す気はありません」

「カセ――さん、あなたは一体、何を――」

ニーナの言葉を遮って私は続けた。

「今日、お宅を出た後、この家の前で三人の男たちに会いました。彼らは私たちに、あなたを説得することを求めました。どこの人間かは御存知ですね。彼らはあなたが亡命するなら身の安全は保証するといいました」

「断わります」

ニーナが厳しい顔になっていった。

「ニーナさん、このままではあなたは殺されてしまうわ」

三津子がいった。

「それでも結構です。カセさん、わたしはこれでも根っからのコミュニストです。西側に祖国を売る気は毛頭ありません」

「あなたがそう答えるであろうことはわかっていました」

私はいった。ニーナが私を険しい表情で見つめた。佐野老人が訊ねた。

「ではなぜそんなことをいうのかね」

「彼女の祖国が、あなたから彼女を奪うかもしれないからです」

「どうしてわかる」

「アメリカ人たちは、ニーナさんがどうあっても祖国を裏切らざるをえないよう仕向けたのです。わざとニーナさんの居場所をニーナさんの仲間に密告して」

「CIAノ連中ガヤリソウナ手ダワ」

ニーナが吐き捨てるようにロシア語で呟いた。彼女の瞳が、怒りと炎の明りに輝いた。

「どちらの陣営であろうと、取る手段には変わりはないのではありませんか」

私はいった。ニーナが目を瞠《みひら》いた。

「ロシア語がわかるのですか」

「ええ」

「ニーナや、加瀬さんのいっておることは本当かもしれんな」

老人がいった。ニーナは顔をそむけ炎を見つめた。

「加瀬さん、儂とニーナはもう二十年以上のつきあいなのだ。彼女が儂の元に日本の美術について取材にやって来たのが初めてだった」

「先生は確か、早く奥様をなくされましたね」

三津子がいった。老人は頷いた。

「知りあってすぐ儂らは惹《ひ》かれあった。儂は、それは幾度もニーナに絵を描かしてくれるよう、頼んだものだ。だがいつも答はノーだった。『いつか』そのたびに彼女はそう答えた。その『いつか』がほんのひと月前になって、やって来たのだよ」

偽装の身分をまとい、エージェントとしての使命を帯びている間は、老人のモデルになりたくはなかったのだろう。

「儂は、ニーナに初めて、自分が癌であることを打ち明けた。するとニーナは、最後まで儂の傍にいて、モデルをやってくれるといったのだ。彼女もすべて明してくれた上での」

「その結果、自分が裏切り者の烙印《らくいん》を押されることは覚悟の上だったのですね」

「センターにはどんな言い訳も通用しません。国家の命令に背けば、それは反逆です。悲しいことですが、わたしには今、祖国よりサノの方が大切なのです」

「自分の命よりも？」

「勿論《もちろん》です。わたしの命を削ってサノに与えられるなら、わたしはそうしたい。コミュニストであるわたしには祈る神もいません」

ニーナの瞳に涙がうかんだ。

「ではどうして、どうして亡命しないのですか？　みすみす殺されてしまうことがわかっていて……」

三津子がニーナの膝をゆすった。ニーナが首をふり、涙がこぼれ落ちた。

「加瀬さん、三津子さん、あなた方の気持には感謝しよう。だが儂らはもうここを離れる気持はないのだ。あの大作も、もうじき仕上がる。そうなれば儂には思い残すことはない。三津子さん——」

三津子が老人を見上げた。

「もし儂らが死んだら、あの絵を寄付して下さらんか。申し訳ないが、勝手にあんたを儂の遺言執行人にさせて貰った」

三津子は頷いた。

老人が大きく息を落とした。

「さて、すっかり馳走《ちそう》になってしまった。そろそろお暇せねばならん」

ニーナがゆっくり相槌《あいづち》を打った。

「お送りしましょう」

私はいった。大儀そうに立ち上がった老人が私を見つめた。

「すまぬの」

彼らを三津子のメルセデスに乗せ、私がハンドルを握った。三津子はどうしても行くといって助手席にすわった。数秒で到着する距離である。

「遅かれ早かれ、わたしの仲間はやって来たでしょう」

ニーナがぽつりと洩《も》らした。

「多分」

私はバックミラーと周囲に注視して車を発進させた。CIAの連中には、三津子の別荘に近づかぬよう、釘《くぎ》を刺してあった。

「それに、もし今、サノとひき離されれば、わたしは死にます」

佐野老人の家の前で車を止めると、エンジンを切らずに私は車を降りた。運転席に三津子を移動させ、すべてのドアをロックさせた。窓をおろした三津子にいった。

「もし何かあったら、このまま車を走らせるのだ。たとえブロックしてある車が下にいても突っ切りたまえ」

三津子は蒼《あお》ざめた顔で頷いた。

拳銃を抜き、遊底を引いた。せめて、何者もあたりにひそんでいないかを確認するつもりであった。

口が渇《かわ》き、ゆっくりと背筋を冷気が這《は》い上がる。堂本は嘘を告げたわけではなかったのだ。だが、私は信じずにゲームに入りこんでしまった。抜けられぬゲームに。

何者もそこには潜んでいなかった。

二人の老人のために、扉を開いてやった。家の中にも人が潜む気配はない。

玄関で佐野老人に別れを告げた。門柱まで送りに来たニーナが踵を返すとき呼んだ。

「ズーヤ・ゲラシモワ——」

立ち止まり、振り返った。私は拳銃をさし出した。

「アメリカ人から預かったものだ。彼らに返す義理はない。あなたも使い方ぐらいは知っているだろう」

「ええ。でも要りません。わたしはもうズーヤ・ゲラシモワではありませんから」

私は彼女を見つめた。初めてそこで彼女に会った時その目にうかんでいた、激しい情熱の意味を愛だと知った。

「おやすみ、ニーナ」

私は低い声で告げ、車に乗りこんだ。

「彼女たち、どうなってしまうの」

三津子が訊ねた。

「わからない。彼女たちにもわからないだろう」

私は答えて車をターンさせた。

「なぜ、私にあの盗聴器を見せたのだ？」

車を三津子の別荘の前に止めると、私は訊ねた。

「どういう意味？」

私は苦い気持でいった。

「君は初めて彼女に会ったとき、彼女がロシア人だと気づいた筈だ。君にはロシア人の血が混じっているし、あの濁音特有のアクセントがわからない筈はない。にもかかわらず、君は私に、彼女がどこの国の人間かわからないといった……」

もし、盗聴器を私に見せた時点で、その話をすれば、私は堂本の言葉を信じ、軽井沢へはこなかったろう。

昨夜、私が周囲の偵察に出る前に彼女が告げた言葉の意味もそれで解ける。

「私が本当に静かな生活に満足しているのかを知りたかったのか」

三津子は黙っていた。

「君は、私がバーの社長でいる生活に不満を抱いていると思ったのだな」

「……ちがう？」

私がそれに答えようとした矢先に、衝撃が車を襲った。続いて轟音《ごうおん》が追いつく。

私は麓の方角を振り返った。見なくとも、何が起きたかはわかっていた。

佐野老人の家が炎に包まれていた。時限爆弾である。

三津子が私の腕をつかんだ。何ということだ、私は思った。KGB《かれら》は、CIAのリークよりも早く、ニーナの居所をつきとめていたのだ。私たちがニーナと老人を夕食に誘うことによって、爆弾を仕掛けるチャンスを与えてしまったにちがいない。

私は車を戻した。麓から、狂ったようなスピードでヘッドライトが昇ってくるのが見えた。

佐野老人の家の一階部はほとんど残されていなかった。破片が散らばった坂に立ち、私たちはなす術もなく燃えさかる老人のアトリエを見つめていた。そしてあの絵も。

二人はついに離ればなれになることはなかった。

「苦しむ暇もなかったろうな」

声に振りかえると、ウォーケンがステーションワゴンから降りたったところだった。

「何を監視していたんだ?!」

私は苦い思いをこめていった。赤い炎がウォーケンのチョコレート色の肌に彩りを与えている。

「遅かれ早かれこうなる運命だった。馬鹿なことをしたものだ。なぜ亡命しようとしなかったのだろう」

ウォーケンが首をふっていった。

「無理にでも連れて行けばよかったのだ。圧力をかければ何でも喋ったろう」

黒人の後から降りたった、飯島がいった。

「いや、あんな年寄りに拷問などしたら死んでしまうさ」

ウォーケンが英語で答えた。私は彼らを振り返っていった。

「たとえしたとしても、彼女は絶対に祖国を裏切ることはしなかったろう。彼女にとって祖国は二番目に大切なものだったのだ」

「二番目?」

怪訝《けげん》な表情を黒人はうかべた。私はそれには答えず、スラックスから抜いた拳銃を彼にほうった。

「一番目が何かは、あんたらには永久にわからんさ」

ウォーケンが不思議そうな表情をうかべた。じっと私を見つめていった。

「カセ、あんたは変わった男だな」

「変わっちゃいない」

彼に背を向け、歩き出した私はいった。

「単に、あんたより人間に近いにすぎないんだ」

車に乗りこみ、頂きに向けて発車した。バックミラーの中で、燃える家と見送っている黒人の姿が、遠ざかった。

インターバル

列車は午後十一時に到着した。都市としては決して小規模ではないその街の表玄関である。

改札口はふたつ、得体の知れない壁画をへだてて向かいあっている。人間と太陽と街、それらが何を意味するか、答えることのできる人間は駅の構内にはひとりもいないだろう。

カメラを手にした十代の少女の集団が、何組か佇《たたず》んでいる。そのうちの一組に制服の警察官が話しかけていた。しゃがみこんだ老婆のわきを、半ズボンの子供が駆けぬけ、疲れきった表情の夫婦が続く。母親が甲高い声で叱《しか》りつけた。

構内の人の流れが割れる。白の上下にサンダルをつっかけた男を先頭に、黒い戦闘服を着た若者がぞろぞろと歩いてきたのだ。

あたりを睥睨《へいげい》する先頭の男の眼《め》が警察官に走った。隊列は、ゆっくりと反対側の方向に向きを変えた。

アナウンスが淀《よど》んだ。意識をぬけば、内容を聞きとれぬほど曇った音声だった。汗と煙草《たばこ》、アルコールが匂《にお》う。

彼は改札口をぬけると、ビニール製の巨《おお》きなバッグをゆすりあげた。キャンバス地の吊《つ》りヒモが前腕にくいこんでいる。

構内の果てを「地下鉄」の矢印が指している。わずかの間、出た場所に佇み、その方角を見やった。反対側にはガラスの扉があり、タクシーが連なっている。

不意に嬌声《きょうせい》が谺《こだま》した。異様に肥満した少女を先頭に、同じ年頃《ごろ》の少女の集団が走り出す。嬌声は連鎖し、大集団が構成された。あっという間に、構内に黒山の群れができる。フラッシュが天井に反射し、同じ名を連呼する黄色い声が幾重にも重なった。

群れの中心に、サングラスをかけた少年がいることなど、彼には関係なかった。

ただ選択の基準にはなった。ガラス扉の方角に向きをかえ、歩き始める。そこには、白い服の男を囲んだ戦闘服の一団がいた。白い服の男は近くで見ると、決して年のいった大人ではない。せいぜい二十一、二だ。網のついた銀色の女物のサンダルをつっかけている。その眼が嬌声の集団と、近づいてくる彼を見比べた。上目使いに彼を見つめ、ツバを吐いた。彼のブーツの先端に、それは命中した。

彼はその横を通りぬけた。白い服の男は、仲間のひとりと目を見かわし、嗤《わら》った。笑顔は幼く見えた。

ガラスの扉にぼんやりと彼の姿が映った。明りを落としたパチンコ屋が重なる。背は高くも低くもなかった。特別、記憶に残るような顔立ちをしているわけでもない。ひき結んだ唇が、白い線になっているだけだ。ヘッドライトを消したタクシーの群れが、押されたように一台、また一台、と滑った。

短い行列の後尾に立った。人は引かれるように移動する。移動の速度は一定していない。早い時もあれば、ゆっくりとしている時もある。一台の車に乗りこむ人数で、それは違った。

順番が来ると、青と白に塗りわけられたタクシーに彼は乗りこんだ。ドアを閉じた運転手に地名だけを告げる。

車はロータリーを抜け、ガードをくぐった。人通りがほとんどない広い道を疾走する。走っている車はすべてタクシーだった。同じ車線を緑のランプをつけた車が、反対側を赤のランプをつけた車が、行き交っている。

シャッターを降ろしたビルが道の両側に連なった。明るい窓はどれひとつなかった。彼の出てきた街とは違う。真夜中まで働く人間は少ないようだ。

幅の広い一本道を走りつづけた。

二十分ほど走るとビルの姿がまばらになった。クリスマスツリーのような街灯だけが中央分離帯に続いている。

木綿のシャツのポケットに彼は手をのばした。煙草の袋は皺《しわ》くちゃになっていた。出て来た街にいた時は決して煙草の袋は皺くちゃにはならなかったものだ。いつも机の上か、ブリーフケースの中にある。中が空になっても、四角い原型を崩すことはない。形を崩すまで自分と共にあったその袋に、ふと愛《いと》おしさに似たものを彼は感じた。潰《つぶ》れた口に指を入れると、一本だけが先に触れてきた。抜き出し、曲りをこすってのばした。

三百キロ以上彼方にある喫茶店のマッチで火をつけた。

愛おしさをこめて、空袋を握り潰《つぶ》した。可能な限り小さくすると、シートの背にとりつけられた灰皿に押しこんだ。

煙草をやめるかもしれない。彼は思った。

やめよう、などと考えたことはなかった。煙草、酒、体調を無視した行動スケジュール、どれもが当然のことだった。昨日までは。

昨日まで、病いを恐れ、健康に気をつかう人間に対しては、彼は無言の笑みをうかべたものだ。煙草、深酒をやめる、そういった人々に、あの白服の少年が浮かべたような嗤いで接してきた。

自分のために、好きな何かを断つ、というのは彼には理解できない考え方だったからだ。

そして今、煙草をやめようという自分が、変わったわけではないことを知っている。

心境の変化ではなく、来るべき時が来たのだ。それに他ならない。

小さな商店や、淡い光だけを点《とも》した家々は、彼には見慣れた景色のように思えた。まったく知らないという街ではない。だが、それらが記憶に残っているわけはなかった。彼が知っていたのは、これから向かおうとしている場所を中心にした一キロぐらいのものだ。それにしても二十年はたっている。

煙草を吸い終える前に、車は幹線道路を北に折れた。そこからは少し、確かに記憶にある道が続いた。ライトの光芒《こうぼう》の中をよぎった小児科医の看板に、彼は気づかず微笑をうかべた。水疱瘡《みずぼうそう》とはしか。扁桃腺炎《へんとうせんえん》の時はひどかった。

煙草を灰皿に押しつけると、顔を前方に向けた。一本だけ、その道に面した坂がある筈《はず》だ。先がどうなっているか、今はわからない。タクシーを上らせるわけにはいかない。

「ここでいい」

彼がいうと、車はスーパーマーケットの前で停止した。知っていた頃《ころ》は、七時になると店は閉まっていた。今は朝まで営業するコンビニエンスストアになっている。

降りたところに煙草の自動販売機が立っていた。それに気持を変えられることはない。バッグの吊りヒモを肩にかけた。道路を渡り、暗い家並みが続く坂を上った。変化をまず足が知った。固いアスファルト舗装だ。二十年前の彼の足は砂利を踏んでいた。

坂の下から数えて十軒目が、目的の家だった。どちら側か考える必要はない筈だった。左側には雑木林が続いていたからだ。

それも変わっていた。

真新しい白い家並みがあった。右側の家々が門灯も含めて明りを落としているのに比べ、光を洩《も》らす窓が多い。シャッターを上げたガレージ、水銀灯を車体に反射する新車。犬が鎖を引いてたてる音、子供の泣き声が低く聞こえる。ブーツは軽い、乾いた足音をたてた。雑木林はなくなったが、沈丁花《じんちょうげ》の香りはまだ漂ってくる。

歩みを目ではなく、足に任せた。一歩一歩、踏み出す爪先《つまさき》を彼は見つめた。

己れの肉体。頭脳ではない。肉体だけを試すために、この街に来た。いつか来ようと思っていた。

ひとときの時間を手に入れる。まるまるひと月、仕事、遊び、あらゆるしがらみから自分を解き放つには、数えきれないほどの交換条件が必要だった。頭脳と肉体の酷使も必要だった。限界まで疲労したと思うことも幾度かあった。

それでもなし遂げ、あの街を出てきた。逃げたのではない。自分にも、もろもろの相手にも、何の負い目はない。大切なことだ。

立ち止まった。

黒い鉄製の門があった。コンクリートの階段が三段、ぼろぼろになった木製の郵便受け。かすかに赤い色がこびりついているのが、隣家の門灯で見えた。小学校最後の春休みに塗った。

門には頑丈な鎖が巻かれ、南京錠《なんきん》がおりている。鍵《かぎ》はジーンズのポケットにあった。

錆《さ》びた鉄の輪に、ふたつの鍵がついている。ひとつはそれ、もうひとつが玄関の扉だ。同じものを、四十年この土地に住む隣家の主婦が持っている。

すぐには階段を昇らなかった。腰をおろし、足をのばした。信じられないことだが、息がきれていた。

疲れているせいだ。彼は思った。目を閉じると、すぐにでも眠れそうな気がした。目を瞠《みひら》いた。

坂の頂上がそこにあった。小高い丘になっていて、いつのまにかアパートが何軒も建っている。かつてはそこも雑木林だった。その向こうは、だらだらの下り坂で、池があった筈だ。そして広い公園と墓地だ。共同墓地は、ゴルフ場ほどの大きさがある。その墓地がなくなってはいないことはわかっていた。そこには、彼をこの世に登場させた人間たちの痕跡《こんせき》がある。

立ち上がり、黒くのしかかるような家を仰いだ。人の肉体と同じだ。今でも月に一度は人が入っている。だが使われなければ、腐り朽ちていく。

南京錠を解くと、鎖を束ねバッグとともに右手に下げた。左手に鍵の輪がある。

ざらざらした錆の感触は二十年の感触でもある。

のび放題の植え込みから、高くなった楓《かえで》が幹を見せていた。ひと抱えの太さになっている。踏み石の上に分厚く葉を落としていた。

ドアの錠は固かった。ノブを持ち上げるように回して初めて、音をたてた。内側のノブに電力会社が残していったパンフレットが吊るされていた。

ブレーカーのスイッチを手探りで捜した。記憶は時に、ひどいまちがいをおかす。ブレーカーは、そこではなく台所にあったのだ。

ブーツのまま上がると、マッチを擦った。

明りをつけると、庭に面した窓に木製の雨戸がたてられているのが見えた。そうして雨戸をたてきった家には妙に圧迫感がある。

最初に殺虫剤の匂いを嗅《か》いだ。

台所に立つと、面した三つの部屋が見渡せた。右端が和室だが、畳はすべてとりはらわれている。中央の板張りの洋間にカバーをかけられたソファが幾つかあった。スプリングは錆びついて使い物になるまい。おそらく、家や肉体だけではなく、この世のすべてのものが、使われなければ駄目になる運命を負っているのだろう。

あらためて彼は思った。

左側の部屋だけに、人の気配があった。ひと組の寝具と、一枚の額に入った絵、そのふたつがきちんと壁ぎわにおかれている。絵はもとからそこにあったものだろう。寝具はつい最近、彼が運びこませたものだ。

彼が動くと床はきしみを上げた。張ってある板が沈む感触がある。根太《ねだ》板が腐っているようだ。

寝具のおかれた部屋の入口で、彼はブーツを脱いだ。バッグを最近しかれたと思われるパンチカーペットの上におろし、あぐらをかいた。虫の音が耳に入ってくる。電話のベルも、ドアの開閉も、話し声も、コンピューターのキイを叩《たた》く軽い音も、何も聞こえてはこない。立ち上がると、道に面している方の窓を開いた。雨戸を戸袋に押しこむ。庭に面する側もそうした。今ではまず見られない、ねじこみ式の鍵がかかっていた。

ねじの頭を回し、螺旋《らせん》からゆっくりと鍵がぬけ出てくるに従い、レールの上でガラス戸がかたかたと揺れる。

新たな空気が入りこみ、殺虫剤の匂いが凝固していた時間と共に出ていく。

シーツにくるまれた寝具をほどくと、マットレスに敷布団、毛布と数枚のシーツがあらわれた。それらを順番に広げ、しき終えると、彼は洋服を脱いだ。シャツをジーンズを、トランクスを、脱ぎすてる。

部屋を出て、庭に立った。彼と同年齢の青桐《あおぎり》が厚い葉を繁らせていた。小刀で削った記憶がある。

裸足《はだし》に土と草の弾力を感じながら、彼は青桐の根元に放尿した。

大きく息を吐いて、空を仰いだ。半分に欠けた月が、すぐ真上にあった。

朝陽《あさひ》は鋭く、心地良かった。目覚めると、無意識に時計を捜した。出て来た街の住居においてきたことを思い出した。

彼はゆっくりと体をのばした。肉厚のベッドではなく、固い床の上で眠ったのは久し振りだった。不平を唱える部分は、全身のどこにもなかった。今頃《ごろ》、無人のベッドがおかれた建物の下は、車がひっきりなしに行きかっているにちがいない。

そこにも確かに生命はある。が、ここにもある。複数を感じる必要もない生命がある。活動によって証明するのは、内燃機関でも、コードを通した音声信号でもない、胴体についた手と足だ。

開け放しておいた窓から、のび放題の草と、見分けがつかなくなった芝が見えた。名も知らぬ樹木に雀《すずめ》がとまっている。

彼は上体を起こし、バッグをひきよせた。ファスナーを開き取り出す。新聞紙にくるんだ古いランニングシューズ、靴下、パンツ、アンダーシャツと、重ねてその上に着る袖《そで》を切ったトレーナーだ。

昨夜着ていたものの中からはトランクスだけを身につけた。続いてアンダーシャツを着る。洗面道具の入った小さなケースをバッグから出すと、歯ブラシに磨き粉をぬりつけた。

青桐の横に、短い水道管がつき出ている。栓をひねると、まず小刻みに震えた。やがて白く煇く水が奔《ほとばし》った。歯を磨き、洗った顔を首に巻きつけていたタオルでぬぐう。

そのタオルを水道の首にひっかけた。土と草の匂いが全身を包む。沁《し》みた。ずっと、ずっと、彼が待ち望んできた瞬間だった。

ゆっくりと体に充実感を伝えた。まず、指先と爪先《つまさき》を小さく振り動かした。続いて、足首、手首の関節を回した。膝《ひざ》、肘《ひじ》につなげる。

止まっていた血が流れ始めたように、肉体が甦《よみがえ》るのを感じた。肩、首を最初は小さく、そして徐々に大きく動かした。両脚を広げ、ゆったりと、だが完全に腰を回す。脚と腕をのばしきり、筋肉のひとつひとつをほぐし、締めた。無心に動作を続けているのだが、やがて頭が澄みわたっていく。

わずかに汗ばんでいる。ぬぐう必要はない。後でもっと濡《ぬ》れてしまうことがわかっているからだ。

屈伸をする。左脚を畳み、右脚をひろげるようにのばす。かすかに抵抗感がある。弾みをつければ押さえこむのは簡単なのだが、それはしない。可能な範囲で留める。右脚を畳み、左脚をのばす。同様に、無理はしない。

腰を中心に、体をふたつに折った。足の親指に手の人さし指が触れた。そこまでだ。以前は握りこむことができた。

慌てることはない。一ヵ月もあるのだ。元に戻してやる。いや、それ以上にしなくてはならない。

ここまで、彼に思わせた使命感はかつてなかった。しかし、疑問の余地はない。ゆるんでしまった筋肉をひきしめ、いたずらに捨ててきたのと同然の体力をとり戻さねばならないのだ。そのためにひと月の時間を作り、この街に来た。

不要な考えにまどわされずに自分の肉体の限界と相対することができるこの街に来た。単に十数年過したというだけの街でしかない。しかし、他の街ではない。彼自身が生を受けた街である。

ソックスをはき、トレーナーを重ねて着た。固くなっているシューズのヒモをゆるめて、足を中にすべりこませた。再びヒモをしっかりしめる。

土の上で数回、足踏みをした。草や土、濡れた砂の上での走りは、固いコンクリートやアスファルトの上ほど筋肉を疲労させない。

着地の衝撃を吸収する効果があるからだ。しかしこれから走る行程に、どれだけそういった道のりがあるかはわからなかった。初めから最後まで舗装された道である可能性もあるのだ。

彼は庭を回り、玄関に出た。正面のアパート群の前の空き地にランドセルを背負った子供たちが集まっている。二十年前もそこだった。最上級生になり、選ばれて分団の団旗を先頭に立って持ったとき、どれほど誇らしかっただろう。

しかし栄光の時間は長くは続かなかった。夏が来てすぐに、彼はこの家と町を出ていかなければならなかった。彼をここに住まわせ養う人間がいなくなったからだった。出身校の同窓会に向かう、四十代のOB達を乗せたバスが会場近くの谷川に転落したのだ。

彼の両親は学生結婚だった。土砂降りの雨の中で、濁流の中に身を横たえたバスに献花したことを今でも覚えている。何よりも家が恋しく、帰りたかった。

だが帰っても、そこで暮らしつづけることはできなかった。あの街にいた叔父夫妻が彼を連れに来たのだ。

門の前の階段を降り、彼は軽く膝を屈伸させた。走る。目的それ自体を走ることにおいたのは何年ぶりだろうか。叔父にやらしてもらった大学の体育会が最後だろう。十年はたっている。

体は忘れてはいない。

爪先で蹴《け》る。踵《かかと》から着地する。

足の裏全体を地につける。

肩の力はぬいている。肘を九〇度に曲げ、拳《こぶし》を軽く握っている。

少し肘とのリズムがかみあわなかった。じき慣れる筈だ。

体重を支え、持ち上げるように腕を振る。

吐いて、吸う。吐いて吸う。

爪先で蹴る。踵から着地。指先が広がる感触。

つらくない。まだ距離が短いからだ。

アパート群の間の、細い坂をゆっくりと駆け上がった。舗装路が大きくカーブして、そこから下り坂になっている。

町が見えた。二十年前にもそこにあった商業高校、初めて好きになった女の子が住んでいた団地、そして公園。埋められて小さくなってしまったようだが、池も確かにある。

鼻の奥が熱く痺《しび》れた。呼吸によるものではないことはわかっていた。かすかに霞《かすみ》がかかった町並から前方に目を戻した。蛇行した坂を下っていく。建ち並ぶ家の前を、何人もの主婦が掃いている。

見知らぬ顔ばかりだ。あるいはその中には彼の同級生も混じっているかもしれないが。不思議な気持だった。目前の光景は、そこにいる人々にとって、ありきたりの日常である。しかしそれを眺め、かたわらを駆けぬける彼にとっては、そうではない。予約されたひと月の時間。

バランスを崩しそうになった。肘を中心にした腕の振りをつかって整える。上りよりも下りの方が難しいことを忘れていた。ペースが狂ったかもしれない。

坂を下り終えるまで、意識的に速度を落とした。車の通行はほとんどない。途中、杖《つえ》を手に歩く老人をひとり追い越した。

家並みが途切れ、雑木林が片方に見えた。わずかだが残されていた。ドングリを拾いに来た記憶がある。

吃音、ドングリを食べると吃音になる。そういわれたことがある。

雑木林のかたわらにさしかかった。汗がじっとりとにじみ出す感触がある。前腕がつやつやと光っていた。

小さく舌打ちをした。発汗は体調のバロメーターなのだ。吹き出すように流れてほしい。無理だろう。何といっても初日だ。昨日まで、あの街で汗とは無縁に暮らしてきた。

喉《のど》が渇いた。失敗をひとつ。走る前には、わずかでも液体を、できれば固体も摂《と》るべきなのだ。といって摂りすぎはよくない。

坂を下り終えていた。早かった。速度を上げすぎたのか。そうではなく考え事をしていたからだ。

片側一車線の道路が渋滞していた。昨夜タクシーで走った幹線につながる道だ。

道に沿って、反対側の方角に走った。マーケットが増えている。二店、そして本屋、ガソリンスタンド、喫茶店、郵便局はかわらずそこにあったようだ。

道幅が広くなり、再び上り坂になった。右手に病院の構内が見える。病院があったことは記憶しているが、あのように明るく機能的な建物ではなかった。

右に向かってカーブした上り坂を走りつづけた。胸に圧迫感がある。少しだが、やむ気配はない。いい気になってペースをとばしすぎたようだ。

吐いて、吐いて、吸って、吸って。

足元に視線を戻した。車が走りぬけてゆく。スピードを上げすぎていたのだろう。タイヤを鳴らした。

ペースは自然にダウンする。苦しかった。

十年間、走っていなかった。情報吸収を電波に、対話を音声信号に頼っていた。

戻せる筈だ。今日が無理なら明日に。明日が無理なら――。

上り終えた。町全体の頂上だった。左手に池と公園が見渡せた。堤はいつのまにかコンクリートで固められている。そして緑があった。大きな供養塔と、白い墓石。無数にある。墓地の手前は広い芝生だ。

あそこを走れたら。

足踏みする感じで止まった。呼吸と肘の動きを連動させる。

まだいいか。まだ、いい。

道路を渡った。足の裏に土が当たった。池を見おろす土手が、半周して公園に下っている。下りきれば、池のほとりだ。

釣糸を垂れている人影がいくつか見えた。空に最も近い位置で走っている。右手の病院が後方に消えた。ずっと低い位置に家並みがある。

ゆったりと弧を描く土手を走った。池に下る斜面に草がのびている。赤い花、青い実。水面は青くない。深い緑だ。雲が映っている。

ところどころに水溜《たま》りがある。大きなものは避け、小さなものは跳んだ。湿原だった。二十年前、自転車に乗ってザリガニをとりにきた。夕方になればブユの大群が出た。今でも出るにちがいない。

池を半分まで回《まわ》るとひき返した。往きだけではなく、帰りも走りぬかねばならないからだ。往きの上り坂は下りになる。そして下りは上りだ。

往きと帰りのどちらがつらいかはまだわからない。残り少ない体力が、帰りをつらく感じさせるだけだ。実際はどうか。

体が慣れるまでは、判別できない。

家の前まで来ると、喉が鳴り、粘膜は渇ききっていた。汗は出ている。しかし流れるほどではない。

膝《ひざ》に両掌《りょうて》を当て、三段の階段を上がった。

庭に回る。のびた芝に身を横たえたい。が、それをすぐにしてはならぬことは知っている。

ゆっくりと足踏みのペースを落とした。足の甲が痛い。シューズのヒモをしめすぎたようだ。

腰を倒し、膝を屈伸させた。ふくらはぎの悲鳴が口から洩れた。

腕と足の関節をゆっくり回す。首を三六〇度回転させた。肩がこっている。まだ腕の振りがものになっていないからだ。

準備体操と同じぐらいの時間をかけなくてはならない。

両手の人さし指を爪先につけた時、彼は呻《うめ》いた。バランスを崩し、前のめりに倒れこんだ。

起き上がれなかった。

腕の内側を芝の先が刺す。淡い青が奥深い距離を感じさせた。空しか見えない。

静かだ。どこかでパタン、パタンという音がする。干した布団を叩《たた》いているのだ。

喉仏が鳴り、上下した。

背中が熱く脈打っていた。スイッチを切られたエンジンのようにゆっくりと冷えていく。目を閉じると、軽い眩暈《めまい》がした。

右膝を折り、再び踵を地面に当てた。膝の裏側が痒《かゆ》い。蟻《あり》だろうか。手をのばすと、伝うものが汗の滴だとわかった。

左掌を芝につき、横転するように移動した。青桐の枝がのびている。昨夜、そこに排《はい》泄《せっ》したことは気にならなかった。

地は吸収し、葉の色を濃くするだけだ。

水道管にかけたタオルをひっぱりおろした。顎《あご》と首すじをぬぐった。額にへばりついた髪をかきあげる。

上半身を起こした。すうっと血が下がる。

不快感が消えると、空腹感だけが残った。

「はあっ」

息を吐き、笑った。空腹になる自分の体が愛おしい。吐き気、頭痛、不快感、はない。ただ疲労しているだけだ。この疲労も、今の整理体操によって一ヵ所にかたまることを防いだ。全身がけだるい。しばらくたてば、呼吸も平常に戻る筈だ。

そうしたら下のマーケットまで降りていこう。野菜をたっぷりとハム、パンとコーヒーを買ってくる。小さな鍋《なべ》が台所にはあった。古い食器もいくらか。ガスと電気は昨日から生きている。

自分の手で食事を作るのは、どれほど久し振りだろうか。青い透明感に眼《め》を細めながら彼は考えた。

結婚してから妻が家をあけたことはごくわずかしかない。そんな時はほとんど外食ですませた。忙しすぎて食べなかったこともある。

食事を作ることが、他の家事仕事より好きな女だ。女は大抵、どれか一番好きなものがある。炊事、洗濯、掃除。繕いものは最近はない。破れれば燃えるゴミに分類されるだけだ。

自分は食事を作るのが一番好きだ、と笑っていた。小太りで、健康である。雑な点もあるが明るい。

「変わってるわ」

電話の向こうで妻が笑っていった。

「本当に変わってるわね。どうしてひと月の休みをそんなことに使うの」

「俺《おれ》の中ではつながる。体を使って自分を表現できる人間になるべきだ」

妻はちょっと黙った。回線の向こうには、妻が生まれた寒い土地がある。

「それがあなたの覚悟？」

「そうだ」

「……頑張って。それなら」

「やる」

思い出した。

結婚式の前の夜だった。仲間が集まって大騒ぎをした。酔い潰れてしまい、気がつくと六畳の部屋には丸太のように男たちが転がっていた。三日後に解約し出ていくことになっていたその部屋の畳に、一晩で無数の焦げ跡がついた。猛烈な空腹感に腕時計をのぞくと、店はどこも開いていない時間になっていた。スパゲティが一袋、ニンニクが一個、スパゲティをゆでて、ニンニクと塩コショウで煠《いた》めた。匂いに目覚めた仲間が起きだし、フライパンを回して食べた。

翌日、新婦はキスを嫌がった。

空腹感だけが今、現実のものとして残っている。彼は微笑《ほほえ》みをうかべて立ち上がった。タオルを水道で濡らし、全身を拭《ぬぐ》った。蛇口に口をつけ水をごくごくと飲み干す。塩素ではなく、鉄の味がした。うまい、と思った。

思っていたほど、彼に注視する人間はいなかった。坂の下から数えて十軒目の空家と、買物に現われた三十男を結びつけて考える人間がいなかっただけのことだ。彼と言葉をかわしたのは、挨拶《あいさつ》に立ち寄った隣家の主婦だけだった。今では主婦ではなくなっている、と彼にいった。嫁が隣家を切り回している。

それでいいんです。台所にふたりの女が立つのは、よくないことですから。

根太《ねだ》を踏みぬかぬよう、そして万一踏みぬいた時に備えて、ブーツをはいて台所に立った。ひどく愉快な気持だった。旧式のコンロにマッチで火をつけた。煙草はともかく、火つけの道具だけは必要だということがわかった。

焼いた卵とハム、山盛りの野菜とコーヒーを中央の部屋に運んだ。壁にかけてあった絵は、落ちて傷つかぬよう、どれも床におろしてある。不思議と、どの絵にも見覚えはなかった。かけてある絵よりも低い位置で、彼の生活は営まれていたようだ。

白いカバーをかけたテーブルに皿をのせ、同様のソファに腰をおろした。ナイフやフォーク類だけは見当たらなかった。仕方なく手で食べた。明日は、割り箸《ばし》かフォークを買ってこなくてはならない。

食事を終えると、眠気が押しよせてきた。何も考えることはなかった。腹の上に両手をのせ、ほこりっぽいソファで彼はまどろんだ。

目覚めても、太陽はまだ中天にさしかかってはいない。いよいよ、次のメニューに移る時間だ。

何から始めようか。

道具は縄飛びのロープの他は何もない。できるのは、腕立て伏せ、腹筋、ヒンズースクワットといったところだ。

まず、どれが何回できるかを試してみるべきだった。Tシャツをたくし上げ、腹の肉をつまんだ。どれだけ落とせるだろうか。

ひと月だ。体を鍛える他に何かをしてみようといった考えはなかった。本をしばらく読んでいない。午前中の行程を消化したら、歩いて本屋を捜してみようと思った。

詩も、小説も、哲学も、育児書すら今なら読める気がした。そして、そのどれもが抵抗なく吸収できるような自信がある。

自分が恵まれている、とは思わなかった。恵まれているとすれば、この家と、それがある町が、彼自身の歴史の中に存在していたことだ。時間は努力して生み出したものだ。勤務評定は、片側のものにしか過ぎないことを知っている年だった。B面のないレコードはあっても、B面のない人生はない。

第一、どちらがAでどちらがBかを決めるのは自分自身なのだ。そして彼は、Bは常に犠牲にされるべきだと信じて生きてきた。考えが変わったのは九ヵ月前だ。今までAと信じてきたものを、Bと信じてきた生活の一ヵ月を作るために、いくらか改変し、失った。AとBが交代する、その間に、今彼はいる。

あくまでも自分だからAとBは交代するのだ。他人は知らない。これからまた、入れかわる時が来るかもしれない。

いつだろうか。

庭に出て、両手を地につけた。掌《てのひら》に刺さる小石や枝をのける。うつぶせに体をのばした。数えながら考えられるか。怠けて肘をのばすかもしれない。

誰《だれ》かが見ているわけではない。それもいい。が、回数を追っているわけでもない。もっと別の、目には見えない大きなものだ。
一、二。
上膊部《じょうはくぶ》が震え、彼は驚いた。腕立て伏せとは、こんなに苦しいものだっただろうか。
三、四、……五……六。
汗が背中にじわり、と浮かぶのがわかった。視界が赤く染まるような錯覚がある。
七、八、九……十まで辿《たど》りつけるだろうか。
いつまで。そう、自分が満足できるだけの責任のある地位についた時だ。その時、AとBは再び逆転する。
十一、十二。
だがそんな地位があるのか。職場は恐ろしく遠い。わずかだが、ちりちりとした焦燥《しょうそう》感が走る。

妻の顔と言葉、十三、……十四。

「会社のこと、何日ぐらい平気でいられるかな。ひと月まるまる忘れられる？　帰ってきたらみんな自分のことを忘れているのじゃないかって。そんな気分になるわよ」

なるだろう。だがなっているうちは、AとBは入れかわらない。十五、十六、十七。

怠けていた。肘を深く曲げなかったのだ。なれなければ、なれないだけの話だ。

しかし、みっともない。自分にこれだけの舞台を用意しておいて、みっともない。

数にきりがあると、そこでやめようという意志が働く。十八、十九、二十で体が持ち上がらなくなった。うっと呻く、声を出したのは失敗だった。肩が落ちてしまった。それきり持ち上がらない。二十、いや十九回。仰向けになり首を振った。休んでいる仕事に対してよりも、失った筋力に対しての焦燥感が強い。準備体操をしておけば少しは変化したろうか。食事をして体が重くなっているせいもある。

よそう。彼は思った。自分に言い訳をしてみても始まらない。何より、あと二十九日と半分ある。

呼吸が戻るのを待つ。三十日で、たった三十日で自分はヘラクレスになれるだろうか。なれる筈がない。その必要もない。

重要なのは、肉体の限度を知ること、その限度がどこまで広がるかを試すことだ。試したいという経験、それが忘れかけていた苦しみと快感につながる。上級生の罵声《ばせい》を浴びながら走ったときとはちがう。逃れたい、休みたい、と隙《すき》をうかがいながら体を痛めつけられつつも、やがては自信とわずかな誇りにかわっていった。

その誇りを思い出し、少しでも取り戻せるか。

考えるのは、肉体をつかわぬ行為だ。今は——両手を頭の後ろで組む。両脚を揃《そろ》えてまっすぐにのばし、反動に頼らず上半身を起こす。一回、二回。

爪先が押さえこまれていない分、つらい。押さえこまれていたなら、少しはた易い筈だが。十年前、あるいは十五年前、クラブでしごかれている時、考え事をしていただろうか。思い出せない。全身を激しく動かしていると、頭脳は停止してしまうのか。考え事をしていなかったのか、思い出せないだけなの……か。

爪先が持ち上がった。頭に回した腕が震えた。体とはこんなに重いのか。あと一回。そして、もうあと一回。もう一回。でき、る、か。今度はどうだ。次は……。

汗が額からこめかみに流れ落ちた。もうあがらない。どんなことをしても、体を動かせそうにない。


縄飛び。リズムがいい。太腿《ふともも》の筋肉がわずかにこわばっているような気がする。それでも軽快だ。ただ息がすぐ切れる。肺活量が減っているのか。時間ではかりたいが時計がない。数を数えることだ。ゆっくり、できるだけゆっくりだ。とりあえず百。

また自分と向かいあう。今日ではなく明日から。より長くやったという、自分に対する証《あか》しとして、早く数えるかもしれない。測定者は自分しかいない。甘くしようと、厳しくしようと、自分しかいない。

こんなことはなかった。判定はいつも他人に委《ゆだ》ねてきた。心臓が限りなく肥大しているようだ。走ることに比べれば、単調で、何と苦しい行為だろう。

苦しい。その通りだ。苦しくなくてはやっている意味がない。楽しいだけの運動を求めるなら、もっとちがう方法が選べた。朝、一時間早く起きればいい——そしてあの街の、固いアスファルトの上を走る。感心されたろう。同僚に話せば見直されたかもしれない。そして、話した以上は、眠気に負けてこそこそベッドにもぐりこむような真似ができなくなる。

自分に対してはどうなのだ。舞台を選び、時間を作った。妻だけに話した。理解されぬことはわかっていた。だが話さずにはいられなかった。ここにこうして、来ずにはいられなかったのと同じように。

百回、膝を曲げ、のばした。両腕はまっすぐ前につき出している。腕をのばしつづけるのも苦しい。腕すら、たった二本の腕すら、重い。

真底、来たいと思っていたのか。自分に見栄をはったのではないだろうか。自分を買い被《かぶ》っていたのではないか。自惚《うぬぼ》れていたのでは。

何より退屈が応《こた》えた。二日目、床《とこ》から起きあがることができない。膝を曲げ、腰を起こし、歩く、いや呼吸するために腹筋を動かすことすらつらい。呻く。呻くとまた痛む。全身の筋肉が燃え、泣き叫んだ。

第一の妥協は外食だった。彼の作れる料理には限界があった。焼肉屋、中華料理屋、メニューに載ったどの料理も同じ味がするレストラン、が行きつけになった。

第二の妥協が休息日だった。五日目に雨が降った。腕立て伏せ、腹筋、ヒンズースクワットは室内でできる。そして、走る時間は本を読んで過ごした。三日目の夕方、十冊の文庫本を買いこんできていた。そのうちの二冊と半分を、その日に読み終えた。その夜は眠れなかった。体の疲れが少なすぎるような気がした。

第一の収穫は十日目の腕立て伏せだった。二十五回にのびた。断じて、肘をのばしてはいない。続いて、腹筋が、ヒンズースクワットが、最後に縄飛びがのびた。

十一日目、午前中に雨が降っていた。腕立て伏せ、ヒンズースクワットを室内で終えた。休息日にしようかと考えていた。だが午後三時を過ぎた頃、雨がやみ、薄陽が照り出した。

もうそれほど体は痛まない。足の裏が前日まで痛んでいた。筋肉痛とはちがう、新たな痛みだった。

彼はためらった。走ることより先に、サーキットトレーニングを終えている。順番を変える、ただそれだけのことにためらいがあった。しかし記録をのばしている今、普段より運動量を減らすのは残念だった。そして、後のトレーニングを考えずにすむことにより、長く走れるかもしれない、と思った。事実、池の途中までのコースに飽きがき始めていた。片道でもいい。どこまで走れるか試してみよう。

毎日洗っているアンダーシャツを着こんだ。パンツをはき、ソックスを足に通した。寝る前の洗濯が日課になっている。

「原始人のような生活ね」

昨夜、電話の向こうで妻が笑った。そしていった。いいわ、あなたが充実しているなら。納得するまでおやりなさい。

彼はいつもより念入りに準備運動をした。既に一度、トレーニングの前に行っている。それでもした。朝ではなく、そんな時間に走るのは初めてだったからだ。爪先に人さし指をつけるのが、決して難しくない。朝よりも体が柔らかくなっているようだ。

シューズはしっとりと足に馴染《なじ》んできている。走ることが、一番楽しい。一番嫌なのがヒンズースクワットだ。その日一度走っている以上、同じ脚を使うことが、どうしても無駄に思える。三日目、本気でカットしようかと考えた。しかし、前日と前々日の数値に対する意地があった。やり通し、その夜、こむらがえりに七転八倒した。

今はやってきて良かったと思っている。二百回がそれほど難しくない。

玄関を出た。空き地でキャッチボールをしている小学生が見える。路面は黒く沈んでいる。傷んだ舗装に水溜りがあった。

行くぞ。走り出した。

いつものコースは、考えずに走れる。上り、下り、道を渡る。

蒸し暑さに、Tシャツがべっとりと濡れた。こめかみから顎《あご》に汗が滴る。

池のほとりにブユの大群がいた。黒く渦を巻いている。堤に腰をおろして、釣糸を垂れている少年達。今はザリガニはいまい。鮒《ふな》か。おそらくそうだ。

走る。膝をひきあげる。

池の半周を越すと、ゆっくり下り坂が始まる。小石が転がり、ところどころに大きな水溜りがある。今は下り坂を走るコツもわかっている。

スピードを押さえ、歩幅をちぢめる。膝と足首が柔らかく着地の衝撃を吸収する。脚全体が長いクッションになっている。

西陽が水面に光っている。坂を下ると、左手に、すぐ水面が見える。池とほぼ同じ高さを走っている。草色に塗られたフェンス、そこに貼《は》られた注意書。

子供たちが土手に何人もすわりこみ、釣りザオをのばしている。フェンスにたてかけるように、乱暴に駐《と》められた自転車。

「あっ尻《しり》が濡れちまった」

ひとりが舌打ちして叫んだ。手にしっかりとテグスを握っている。半ズボン、トレーナー、青のスニーカー。

正面に起伏のある公園、そして墓地があった。公園に子供の姿は少ない。数人の少女がドッジボールをしているだけだ。少年にとって、草地は冒険心を刺激しないのか。

彼は右肩で汗をぬぐった。すごい。滝のように汗が流れている。トレーナーにできた染《し》みが気分をよくする。

砂利から草地に踏みこんだ。公園は細長く上っている。両側は、舗装道路だ。まっすぐ広大な墓地に向かっている。

確実に踏み出せ。自然に走れ。踵で着地、爪先で蹴る。一体感。風が向かってきて、耳元で唸《うな》る。

また汗が流れる。今度は左の肩で拭う。

ゆるやかな階段を昇る。ここは爪先だけをかけて昇る。吐いて吸って、から、吐いて吐いて、吸って吸って。

腕の振りを大きくした。腹筋が、背筋が、のびる。膝が持ち上がる。濃い緑の匂いだ。

人影がまばらになった。左手に小高い丘が見えてくる。整列した墓石。清潔でゆるぎない。墓石の間を階段が昇っている。ところどころに設けられた球形の休息所。

階段は続いている。左手の丘が正面にまでのびている。どこまで昇るのか。

墓石は古いのも新しいのもある。輝く御影石、大理石、苔《こけ》むした、ただの石。

枝。土。虫が飛ぶ。

吸って、吐いて吐いて、吸って吐いて。

頂上が見えた。休息所だ。一度平坦《へいたん》になって、また墓地に続く道がある。今日はあそこまで。あと何段、五段だ。そして、昇る。

辿《たど》りついた。少し足踏みをした。ペースをゆるやかにして。休息所には木製のベンチが置かれていた。窓のように丸くくりぬかれた壁に手をかけ、腰をおろす。

長く息を吐きつづけた。乾いた床に汗が滴った。ベンチにも滴り、黒い染みを作る。喘《あえ》いだ。

やってきた道を振り返った。思わず目を細めた。池が赤く燃えている。漣《さざなみ》が小さな炎だった。黒くシルエットになった子供たち。池の右半分は丘の影がおおっている。日が沈みかけている。体が震えた。

子供の叫び声、水面に反響し、ゆっくりと上ってくる。駆けていく。彼らは走り方を知っている。腕を振って跳ねる。

目を閉じると、ひきこまれるような疲労感がある。壁の穴に両腕をかけ、その上に顎をのせている。濡れた漆喰《しっくい》を嗅《か》いだ。

大きく左右に振れながら加速する自転車の群れ。木立ちに見え隠れする。

膝が小刻みに揺れている。

帰りは歩いて階段を降りた。急速に体から力が失せていた。走れば転げそうだ。

決めていた。明日から走るのは午後にしよう。

ハーモニカがその時間聞こえた。下手くそだが真剣に吹いている。誰かが近くで練習しているのだ。

立ち止まった。風は池から吹き上がってくる。弾んだ息が整ってきている。かがみこみさがっていたソックスをひっぱり上げた。

また聞こえた。同じメロディをくり返して吹いている。苦手だからしているのか、気に入っている部分だからくり返しているのか。

耳障りでは決してない。

階段を降りきる頃には止んでいた。明日もまた聞こえるだろうか。また聞きたかった。

十五日を過ぎた時、迷った。何もなさすぎる。あまりにも何もなさすぎる。残り半分の日程を苦痛に感じていた。頭が錆びつきはしないか。知識を汗とともに排出してはいないか。

新聞、テレビが狂おしいほどに見たい。雑誌も買ってはいない。そのみっつ、そしてラジオに触れたら、日程を中止しようと考えていた。今、この時間がどれだけ長く、そして苦しく感じられようと、変えるくらいなら中止した方がましだった。

人生の数少ない大きな節目に自分はいるのだ。そのためにこうしている。あらかじめ設定した時間と空間から逃れれば、すべてが意味のない出来事になってしまうだろう。

焦り、自信を失いそうになる。独りで居つづけることへの疑問。蓄積した疲労のせいか眠れなくなった。悶々《もんもん》としては起き出し、夜の庭で縄飛びをした。空を切る縄の音、白い軌跡に安らぎを得る。

夢精をした。十九日目、覚えてないほど彼にとっては久し振りの出来事だった。気づいた時、ひどく動揺した。誰に対して、というわけではなく照れ臭く、体が火照った。夜が明けかけた頃、徐々に光をうけいれる庭で、トランクスを洗った。そのトランクスを干しながら、誰にもこのことは告げるまい、と決心した。

二十日が過ぎると早かった。

腕立て伏せは六十回、腹筋が四十回。ヒンズースクワットが二百五十回、縄飛びは三百まで数えられた。

読み終えた本は十七冊になった。そして、ひどく生活の細かな順序にこだわるようになっていた。歯を磨くこと、体を洗うこと、シューズのヒモの締め方までが儀式になっていた。

満足はない。あくまでも過程にしかすぎぬことが彼にはわかっていた。

昼食を摂りに入ったレストランのトイレの鏡で自分を点検することが多くなった。髪がのび、日に焼けて黒くなっている。頬が以前に比べてこけた。野良犬のようだ、と思った。日によってはそれが野良猫に見えたりもした。

雨に降りこめられたのは、五日目を含めて四日間だった。ハーモニカの音はあの日以来、聞いていない。

二十一日目から、朝と夕の二度、走ることにした。夕よりも朝の方がつらかった。そして、別の焦りが生まれた。二十日間、自分が考えているほどの進歩は得られなかったのではないだろうか。それは、時間と費した行為を量《はか》らずにはいられない、惨めな習性だった。そう考え、焦った自分が愚かしくも思えた。

二十二日目、朝のコースを新たに作ろうと思いたった。アパートを抜け、雑木林の坂を下ったら、池の方ではなく反対側に向かってみよう。

近代的な建物にかわってしまった小学校がそのコースにはある。自分が通ったところであった。それゆえに、彼は避けてきた。

三十日間に無駄な感傷を持ちこむつもりはなかったからだ。この町に来て、三十日間暮らすこと自体がひどく感傷的な行為なのだ。

わかりきって、それをしている以上、自分の感情を高める行為をしたくはなかった。が、三分の二の日程を消化し、残りの日々が惜しい、と感じ始めた自分に、許す気になった。いつも相手は自分しかない。

走ることそのものは決して感情的な行為ではない。雑木林の坂を下りきり、左に折れると商業高校に向かって走り出した。おそらく第一時限は始まっている。

平坦な道を二キロメートルほど走ると、商業高校がある。それまでは、住宅街がつづく。静かな時間の静かな町だ。買物に女たちが出かけるには早く、子や夫を送り出すには遅い時間である。

商業高校の建物は変わっていない。高いフェンス、蔦《つた》がからんだ四階建て。その向こうに歯科医院がある。

楽な道だ。ただ車の通行量が多い。

走ることだけ、全身をその行為に向けるのに、意識を必要としない。

小さな教会がある。通りすぎ、しばらく走ると思い出した。幾度か、数えるほど、日曜の朝通ったことがある。つまらない菓子と、未知のものへの興味が理由だった。やがて聖書の一節を暗記させられることに飽きて、行かなくなった。

住宅街をぬけて、出た大通りはまるで記憶にない場所だった。喫茶店、ガソリンスタンド、パン屋、ブティック、華やかでまるで駅ができたかのように栄えている。

そこから大きく回《まわ》るように戻り道に入った。正方形を描いて家に戻るコースを想定していた。最後の一辺に小学校がある。

そこに至る一辺は、数えるほどだが、歩いたことがある。懼《おそ》れに似た気持が胸に突き上げた。団地、好きになった女の子が住んでいた。今もそこにいる筈はない。いたとして出会う筈も、出会ったとしてわかる筈もない。

ペースが早くなる。腕の振りが自然、小刻みになる。

団地の中は迷路のように細い道が走っている。不思議と迷う予感はなかった。縦に並んだ網戸の下を通過する時、視線に過敏になっただけだ。

呼吸に気持を集中した。汗があまり出てこない。空気が冷んやりしているせいもある。

団地の最後の棟を過ぎると、車一台がやっとの、その道の終わりに検問所があった。過ぎるとそこが、新たな集会所であることがわかった。幾人かの女たちが、真剣な表情でテーブルを囲んでいる。

丸い時計塔とグラウンドが見えてきた。小学校だ。グラウンドが拡張され、道をはさんで左右両側にできている。二十年前は右側にしかなかった。左側に何があったのかは思い出せない。おそらく何もなかったのだろう。

ふたつのグラウンドは歩道橋で結ばれている。池は歩道橋の下を通ることになる。そこを越えれば、通りひとつへだてて、雑木林の坂だ。

九日間、楽に持ちこたえられそうだ。不意に思い、そのコースが自分にとっての切札であったことを自覚した。


逆あがりが得意ではなかった。どうしても体を持ち上げることができなかった。学年が上がるにつれ、できる者がクラスの中で増えていった。半分より多くなり、四年生になると、できない者は数えるほどしかいなくなっていた。

四年から五年に上がる年の正月、父親と母親と三人で歩いて神社に行った。帰り道、グラウンドを横ぎった。砂場の横に三本並んだ鉄棒を見て、彼はいった。

「逆あがり、できないんだ」

着物を着、懐ろ手をして、前を歩いていた父親の足がふと止まった。が、すぐにまた歩き出した。何も答えなかった。

翌年の正月、母は祖父の具合が悪く、田舎に帰っていた。父と二人だけで、参拝の帰りグラウンドを通った。その年の父も着物だった。鉄棒を見て、父が訊ねた。

「逆あがり、できるようになったか」

彼は黙っていた。父は返事がないのを知ると、無言で下駄《げた》を脱いだ。足袋《たび》をその上に置く。

父は少し酔っていたのかもしれなかった。父の素足をひどく白く感じたことは覚えている。

端にある、一番高い鉄棒まで、父は裸足《はだし》で歩いていった。ちらりと眺め、腕をのばすとひょいと掴《つか》んだ。じりじりとその体が持ち上がった。爪先も持ち上がる。

鮮やかな懸垂逆あがりだった。

降りたつと、父は「持ってこい」と下駄を指した。彼は下駄と足袋を持って走った。

父は何事もなかったように、それらを身につけ歩き出した。

雑木林の坂を下ると、彼にいった。

「男の子だからな。できんとな」

それだけだった。大げさではなく、しばらく父が偉大に見えた。やがて、ただの人に戻り、間をおかず、小さな位牌《いはい》に変わった。

今、歩道橋はゴールラインだった。あと九度、彼はそのゴールラインをくぐる。あと十度、赤い池を眺めるために階段を昇る。

そして、それが終われば、彼はあの街にもどる。生活にはあらたな区切りが生まれている。

その区切りは新来者がもたらす。小さな新来者だ。

あと百メートルに歩道橋が迫った時、彼は大きく腕を振った。ペースが早まる。それでいい。今日だけは許せる。

三十日の間をおいて、あの街に戻る。その価値を確信した。もう迷うことも、焦ることもない。

何もかもが変わるというわけではない。ただ、自分に思いを印し、いつでも取り出せる用意をしておきたかっただけなのだ。

ゴールをくぐり、彼は微笑した。ペースをゆるやかに落とし、そして走りつづける。いつかまたここに来ようと思った。その時はひとりではないかもしれない。

自分と、自分が作り出し、じきこの世に登場する生命のために彼は走った。雑木林の坂が見えてきた。

アイアン・シティ

1

耳の中でベースギターがぶ厚い壁を作っていた。低音の、触れれば押し返しそうな壁だ。確実にビートを重ね、塗りこめるように厚みを構築してゆく。スニーカーをはいた爪先《つまさき》が床でリズムをとっている。テーブルに落ちたスポットライトの輪の中に、軽くなりかけたバドワイザーの缶とピックがある。

まだ間《ま》がある。

右腕をのばして缶を取った。喉《のど》を傾け流しこむ。空になった缶を再びスポットライトの舞台に戻し、かわりにピックをつまんだ。

少しずれたヘッドホンをあてがい直す。アンプのレベルを目で追った。

わずかに息を吸いこむ。ギターを抱え直した。爪先のリズムが少し早くなる。

音《ベース》の壁の向こうにはバスドラムがある。ぐいぐいと厚みを増してくる。ギターで切りこんだ。

柔らかなバターをえぐるナイフのように裂く。入りこみ、うねって、揃《そろ》った。唇が小さくビートを始めた。自然に肩を揺らしている。

ひとりだけのジャムセッション。次第にゆとりが生まれてくる。遊び。左右の手が自由に弦をいじめる。

爪先のタップが膝《ひざ》に、膝から腰へ。肩から下るリズムと一体化する。上々だ。歌え。誰《だれ》も聴いちゃいない。

ギターが遠ざかる。エレクトリック・ピアノ、弾《は》ねるように力強く、音の壁の上で踊った。

ピックをつまんだ右手をおろし、空中の鍵盤《けんばん》を追った。左手から、右手、肩のスライドは上下から左右に。すわっているのがつらい。誰も見てはいない、踊れ。

ピアノ・サウンドがだんだん高くなっていく、最高潮、舌と指が回っている。ピックをつかめ、エンドに向けて盛り上がる。遅れるか？　わずかに遅れて入ろう、そして早弾きで追いつく、盛り上がるぜ。

壁にほのぐらい、アールデコのポスター、にらんで歌う。ギターも奏《うた》う。ドラムのビートが倍速に、早くなる、早くなる、早くなる、爆発しそうになって——シャウト！

マービンはヘッドホンを外した。白いTシャツの脇《わき》が汗で濡《ぬ》れている。ピックを弦にはさみ、ギターも肩から外す。

電話が鳴っている。木製のゆるやかなカーブを描いたカウンターの隅だ。

立ち上がって大股《おおまた》で二歩、黒い腕が受話器にのびた。

「ずっとかけていたんだ」

怒ってはいない。うんざりしたような声音だった。

「………」

答えず、マービンは店の中を見回した。木のカウンター、木のテーブル、木と布のソファ、一本を残して、すべて消したスポットライト、重ねられた灰皿、きちんと積んだグラスの柱、ボトルの棚。そのどれもを、初めて目にするもののように見つめた。客が買ったボトルをのぞけば、そのどれもが彼の物だ。

「まあいい。前回の件で、トラブルがある」

「そうかね」

低い、滑らかな声をマービンは出した。黒人独特の、深みのある、決して冷たくは聞こえない声だ。ただし、半分だけ、彼の体を流れる母親の血の分だけ、素っけない。

「あの仕事をしたのはお前ではなくて、自分だといっている」

「いわせておくがいい」

「まずいことに二重契約だった。神戸の方でやはり心配した人間がいたのだ」

「俺《おれ》の問題じゃないな」

「話をするのは構わんだろう」

マービンは厚い唇をすぼめた。溜息《ためいき》を受話器に吹きかける。

「麻布の『ネイドゥ』にいる。そこからなら五分もあれば着くだろう」

「好きにするさ」

マービンは呟《つぶや》いた。目が細まり、壁のポスターを見ていた。夢心地のような、何かが欠けた表情だった。

電話が切れた。受話器を戻すと、マービンは両手をこすった。

ギターを壁にたてかけ、たった今まで彼と共演してくれたテープをデッキから取り出す。ケースに収めると、ぎっしりとテープの詰まったラックに戻した。アンプのスイッチをオフにする。緑と赤のランプが滲《にじ》んで薄れた。

カウンターの奥に空き缶をなげこみ、長身を折った。百八十以上の背がジャックナイフのように、鮮やかに折れる。カウンターの内側からU・S・エアーフォースのボンバージャケットをひきずり出した。Tシャツの上にじかに着こむ。フラップの付いたサイドポケットを両手が叩《たた》いた。

左側から、耳あてが出てきた。ヘッドホンのような形で、耳にあたる部分に毛皮が植えてある。それを頭にかけた。

コーデュロイのパンツに吊《つ》るしたキイ・リングを外す。

テーブルを抜け、暗いガラスの扉の手前まで来た。立ち止まり、確認するように人けのない店内を見渡した。誰もいない、音もない、夢もない。店は二時間も前に終わっている。

灯《あか》りを消して、扉を押した。ちょいとのびあがって天井のシャッターの端をつかんだ。色気のない音をたててシャッターが降りてくる。リングのキイで錠をおろし、マービンは細い階段を昇った。二段ずつ、バネのきいた足取りで跳ね上がる。

地上に出るとフライドチキンの油の匂《にお》いが鼻を突いた。路地の向こう側に、倦《う》んだ顔をガラスに並べる店が、建っている。行く処《ところ》のない、遊び疲れた善人たち。小さな、灯《ひ》を落とした看板を、マービンは踊り場まで運びおろした。アクリル板の文字は「ドロシー」。

息が白い。夏ならば空が白む時間だ。マービンはゲームセンターを突っきって、表通りに出た。

終夜営業の駐車場がそこにある。五時間前までは満杯だったコンクリートの敷地には、あと数台しか残されていない。

駐車場番のための小さな小屋が片隅に建っている。ジャンパーを着た老人が石油ストーブの傍らでうつらうつらしていた。

「どうも！」

声をかけて、マービンは小屋の裏手に回った。五〇ccの小さなバイクがたててある。まるで玩具のように華奢《きゃしゃ》で、レプリカのようなスケールの勇ましさを備えている。

足を折ったマービンがまたがると、膝が地面につきそうなほどの大きさしかない。それでもキイをいれると、バイクはパタパタと呼吸を始めた。

エンジンの音に老人が目を醒《さ》まして、「ああ……」と呟いた。

「おやすみ、おじさん」

気のいい声をマービンはかけた。

「ああ、どうもね……」

マービンはバイクを表通りには向けず、瀬里奈《せりな》の通りに入れた。空車のタクシーがそこにまで入りこんできている。街に残っているのは、始発を待つ若者か、仕事を終えた水商売しかいない。違法駐車の自家用もめっきり少なくなっている。

六本木の交差点を迂回《うかい》する形で、マービンはパブ・カーディナルのわきに出た。道の両側を、ぎっしりと空車が埋めている。歩道を歩く人間は一様に早足で、さほど酔っている様子はない。酔っぱらいの時間は、とうに過ぎている。労働者が帰宅する時刻だ。

午前四時。

道端でちゃちなアクセサリーを売る、ヒッピー紛いの連中も店を畳む頃合《ころあ》いだ。ジュラルミンの大げさなケースに、ブリキや針金の細工をさも慎重な手つきでしまいこんでいる。彼らには、なぜか今どきはやらぬ長髪が多い。

車といえば停車中ばかりの通りを、マービンのバイクはパタパタと行進した。ロアビルの前で、右折車線に入る。耳あてをつけ、長身を縮めてゼロハンに乗る黒人に注目をする人間はいない。

信号は赤になったばかりだった。がっかりした様子もなく、マービンは待った。一、二度、小さなエンジンを空ぶかしする。

空中に向けた目がふと止まった。交差点の角にある、新たなビルから出て来た二人連れだった。男の方はグレイのダブルのスーツ、女は黒のミニスカートに革のブルゾンを羽織っている。女はひどく酔っているようだ。

男の囁《ささや》きに高い声で答えた。

「やだーっ、エッチ」

マービンはわずかに眉根《まゆね》をよせた。浅黒い女の顔は彫りが深く、ひと目で混血と知れる。プエルトリカンと日本、横須賀《よこすか》で育ったのだ。十七まで、横須賀のレディス（女だけの暴走族）のアタマを張っていた。十八で東京に来て、半年前から「ドロシー」で歌っている。二時間前まで、マービンと一緒だった。

男が気取った素振りで、路上駐車のポルシェに歩み寄った。助手席からロックを解く。

「さ、キャシー、こっちだよ」

「はあい」

マービンはもう一度、顔をしかめた。

キャサリン。誰にも、客にも、彼にも、友達にも「キャシー」とは呼ばせない娘だ。自分が混血であることを強く意識し、何よりも、そのために「ナメられる」ことを嫌っている。小さなショルダーバッグには、今でも十円硬貨ではさむカミソリを入れている――それをマービンが知っていることに彼女は気づいていない。

男がシートに体をすべりこませる一瞬、キャサリンに背を向けた。その時、マービンは見た。いつもより濃い目のメイクを施した彼女の顔から媚態《びたい》がそっくりそげ落ちた。かわりにつき刺すような視線が残る。憎しみとも受けとれる、厳しく冷ややかな目だった。そして拭《ぬぐ》ったように、そのこわばった表情もまた消えた。元の酔った、パープリンの娘の顔に戻ってシートにもたれこむ。男の腕が助手席にのび、ドアを閉じた。袖口《そでぐち》からのびたカフスの気障《きざ》ったらしいダイヤもマービンは見てとった。

男の年齢は二十七、八だろうか。グレイの背がキャサリンにかぶった。のしかかるようにして唇を貪《むさぼ》る。次いで、六シリンダーエンジンが独特の猛りで排気管を震わせた。アイドリングを高め、甲高い叫びを発して発進する。くっきりとブラックマークが路面に残された。

マービンの背後でクラクションが鳴った。青になった信号が黄色にまで移っていた。マービンは走り出した。小さく首を振る。

しかめた顔は元に戻り、曖昧《あいまい》な、笑みともとれる表情が口元に浮かんでいた。

2

狭い木の階段は、マービンを乗せて軋《きし》んだ。登りきると、カウベルを吊るした扉がある。そのあたりには、ピザソースの匂いが澱《よど》んでいる。

扉を押すと、白いクロスをかけ、赤いキャンドルが灯《とも》った四角いテーブルが並んでいる。赤いヴェストにバタフライを着けた男が、そのキャンドルランプを集めているところだった。ひとつずつ取り上げては、吹き消す。

マービンと目が合った。何もいわず、ヴェストの男は首を傾けた。頭には、まばらな毛がへばりつくようにしか残っていない。

マービンの顔から一切の表情が消えていた。ヴェストの男が示した方向には、五つのストゥールが並んだカウンターがあった。そこに、黒のスーツを着けた男がひとり腰をおろしている。

マービンはゆっくりと、男の隣に腰かけた。男の前にはジンジャーエールの入ったグラスがあった。

黒のスーツの下は黄色のポロシャツだった。服装には無頓着《むとんちやく》なのだ。

マービンはボンバージャケットのファスナーをおろした。何もいわず、男の顔をまっすぐに見つめた。

男は目の下に大きな隈《くま》を作っていた。いつもそうなのだ。くたびれていて、何日も眠っていないような顔つきをしている。

「遅かったな」

マービンは返事をしなかった。男も期待はしていないようだった。上衣のサイドポケットからラークと、不釣合に大きなデュポンのライターを取り出した。

「会わせろといわれた」

「誰とだ？」

マービンは訊《たず》ねた。声の滑らかさも素っけなさも、電話のときと同じだった。

「その連中だ。仕事をしたといっている」

「意味がない」

「お前の判断を訊《き》いているんじゃないんだ。俺《おれ》は、お前をそいつらに会わせる。どっちが正しいことをいっているのか決めるだけだ」

「何人いるんだ」

「そいつらか、二人だ」

「会えば顔を覚えられる」

「そうだな」

困るのはお前で、俺ではない、といっているのだった。マービンは唇をすぼめた。

「後のことは考えてあるのだろうな」

「さあな。そこまでは俺の役目じゃない。上の方で決めるだろう。俺にお前を呼び出すだけの仕事だ」

キャンドルランプを片づけ終えたヴェストの男が戻ってきた。カウンターをくぐり、二人の前に立った。黒スーツの手元にちらりと目をやり、マービンに訊ねた。

「何か飲むか」

「いや、いらん。すぐに出る」

答えたのはマービンではなく、黒スーツの方だった。マービンはすっと背をのばした。

「幾らだ」

黒スーツの男は立ち上がって訊ねた。

「いらんよ。ここはまっとうにやっている店なんだ」

「そうかい」

黒スーツの男はじっとカウンターの中の男を見つめた。何の気配も感じさせない、妙に静かな目をしていた。

カウンターの男はたじろいだようだった。

「早く行ってくれ。閉めるんだ」

黒スーツの男はゆっくりと頷《うなず》いた。だが、目は相手のバタフライのあたりに貼《は》りついたままだった。

「……邪魔したな。また来る」

目をそらすと彼はいった。マービンはうっそりと彼のあとに従った。カウンターの中の男が吐き出す息が、マービンの耳にも聞こえた。

＊

男はいつも山ほどの鍵《かぎ》を持ち歩いていた。その幾つかは、今、マービンが連れてこられたようなマンションの部屋に合い、幾つかは、マービンの前を走った車のキイだった。幾つもの部屋と、何台もの車のキイを、いつも持ち歩いているのだ。同じ部屋、同じ車を、マービンは見たことがない。そして着ている服だけが変わらない。黒いスーツだ。

そのせいか、男は自分をクロと呼んでいた。「クロだ」というのだ。黒人の血が混じっているマービンに対して、それをいうことに何のためらいも感じぬようだった。

クロがマービンを連れていったのは、渋谷の道玄坂の奥にある、小さなビルだった。最上階の、何の表札も掲げていないスティールの扉を、クロは鍵で開いた。

中は粗末な応接セットが置かれた、小さな事務所になっていた。枯れた鉢植えに、へりの欠けたガラスの灰皿、古い型の電話機がのったデスクだ。汚れたクリーム色のブラインドが窓におりていた。

テーブルの上に、食べかけのフライドチキンが散らかっていた。骨やビールの空き缶が床にまで落ちている。残ったサラダのパックには煙草《たばこ》の吸い殻がつきたてられていた。部屋の中央に汚れたガスストーブがあり、赤々と燃えている。空気がひどく濁っていた。

煙草とストーブ、男の脂っこい体臭だ。

「隣の部屋だろう」

クロがいって、デスクを回りこんだ。いつのものとも知れない、壁のカレンダーを外す。小窓があった。向かいあった長椅子《いす》に男たちが、毛布をかぶって眠っていた。垢《あか》じみた黒っぽい戦闘服を着た若者と、白いワイシャツに幅の広いネクタイを結んだ三十四、五の男の二人だった。その男が寝る長椅子の背には、白っぽい、夏物のように派手な背広がかけられている。背広の内ポケットからは白鞘《しらさや》がのぞいていた。

窓はマジックミラーのようだった、クロはカレンダーを戻した。

「チンピラだ」

マービンはいった。

「そうだ。西の方で再統合があったときに、傍流を好まず、分離して解散した組があったんだ。そこの残党さ。今じゃ、東だろうと西だろうと、払ってくれる側につく」

クロは頷いてラークに火をつけた。

「片目で幾ら、片脚で幾ら、といった具合いに商売をする連中さ」

「聞いたことはある」

「奴らがごねた。京都の件は自分らがやったと。ギャラを早く払え、とな。そこで東京駅まで俺が迎えにいかされた」

マービンは肩をすくめた。

「どうでもいいことだ。払ってやりゃいい。うるさくされることもあるまい」

「……味をしめる、ということがある。どっちかが嘘をついているわけだ。嘘をついた方はおいしい思いをする。また、と考えるかもしれん」

「つまらん話だ」

「どっちにしろ会えばわかる」

クロは隣に通ずるドアを示した。デスクのソファに腰をおろし、そこが自分の仕事場であるかのように脚を組む。煙を吹き上げた。

「面倒を増やすだけだぞ」

「早く行けよ、話はここにいても聞こえる」

マービンはクロを見つめた。投げやりな視線だった。ボンバージャケットのファスナーをおろし、デスクの上の汚れた部分をさけて、脱いだジャケットをのせた。

二人のやくざは目をさましていた。半身を長椅子から起こして、すくいあげるような視線をマービンに向けた。

「何や、われ」

戦闘服の若者が年に似合わぬ濁《だ》み声を出した。赤い目が、粘っこく長身の黒人を見つめた。幾度か瞬《まばた》きする。

「おお、寒む」

ネクタイの方が呟いて背広を羽織った。両手を胸の前で組む。右手が懐ろに隠れた。

マービンは無言で二人を見おろしていた。

「何じゃ、日本語知らんのか」

淡い笑みがマービンの口元に浮かんだ。

「そうか。われやな。京都の件、ごたごたぬかしくさったのは」

敏捷《びんしょう》な身のこなしだった。はね起きて、若者は床を踏んだ。ネクタイの方は動かなかった。じっと二人を見つめている。

それでもすぐに間合いを詰めてこないのはプロらしかった。若者はまず、マービンの体を点検した。彼がTシャツとパンツの他には何も身につけていないかを知ろうとしたのだ。

「何ぞ、いうてみいや」

ネクタイの男が間のびした声をマービンにかけた。

「挨拶《あいさつ》知らんのか、おう？」

若者が腰を落としていった。その目を翳《かげ》がよぎった。仕掛けようという、一瞬の間だった。マービンが両肘《ひじ》を掲げ、腰を回した。口笛のような呼吸が口から洩《も》れた。膝が鋭いスピードで、頭突きをかけようとした若者の顳顬《こめかみ》につき刺さった。目を瞠《みひら》いたまま、若者は跳んだ。長椅子に脚をひっかけながら、壁にぶつかり動かなくなる。

うおっという気合いがマービンの耳に入った。弓のように体をしならせる。顎《あご》の上を匕首《あいくち》の刃先がかすめた。そのままべったりと床に倒れ、頭のうしろに手をついて、マービンは脚をとばした。

ネクタイの男はさすがにそれをよけた。一歩跳びすさって、刃先を下に垂らす。

マービンの目を見つめながら左手を懐ろに入れた。もう一本の匕首がすべり出した。両手に持った。倒れた相棒には見向きもしない。すり足でマービンに近よってくる。

「われ、死にとうはないやろ。片目もいやか。歩けんようなるかもしれんで、それとも指がのうなったらどうする？」

早口で喋《しゃべ》りかけてくる。刃先の動きから注意をそらそうとしているのだった。ひらひらと刃先を宙に舞わせた。

「どこの生まれや、アメリカさんか。向こうにおったら良かったのにのう。何が悲しゅうて、こんなところに来おった、え？」

マービンは一歩退がった。表情は何ひとつ変わっていなかった。

「母ちゃんや父ちゃんはアメリカさんか、それとも混血かいの——」

右手がすっとのびた。そしてそれがフェイントだった。スウェイバックしたマービンの下腹部めがけて、払うように左手の刃先が送りこまれた。マービンの体が回転した。後ろ蹴《げ》りが男の顔を薙《な》いだ。男がバランスを崩した。腕が反射的に下がる。もう一度、回し蹴り。男の頭を捉《とら》えた。膝がゆるむ。右に傾いた男の顳顬を迎えるように、左の肘《ひじ》打ちを見舞った。ビシッと音がして横に倒れかける。

最後に鳩尾《みぞおち》を突いた。声が音にならず、喉《のど》に詰まった。丸まって床に転がった。とうに意識は失っていた。

一歩跳びすさり、マービンは男を見おろした。ぴくりとも動かなかった。構えていた腕をおろし、息を吐いた。

「案外、簡単だな」

クロが框《かまち》にもたれかかっていた。興味がなさそうに呟く。

マービンは振り返りもしなかった。先に倒した若者の傍らにかがみこむと、脈を探った。そして、無言でクロを見上げた。

「俺の方で済ましておく。どうせクズだ」

クロがいった。ほんのかすかに頷いてみせるとマービンは立ち上がった。

「クズの上に阿呆《あほう》だな」

クロが首を振っていった。

「最初からとりあわなければよかったんだ」

「そうはいかんさ。放っておけばうるさくなる。何だってする奴らだ」

「俺が会わなくても、どうにでもなったろう。自分の手間を省かせたかっただけだ」

「それが悪いか。お前はそのための人間なんだ」

マービンの目に煌《きらめ》く光が浮かんだ。すぐに消え、口元の弱々しい笑みになった。

「じゃあギャラは払うのだな」

「いや。京都の件では充分稼いだ筈だ。こいつはアフターサービスだと思ってくれ」

「あんたが決めることか」

「上もそう考えるさ。わかっている」

クロは転がった二人を見おろし、いった。

「あんたがそんなにお偉い人間だとは知らなかったゼ」

「お前には、な」

「いづらくしてくれるな」

「出ていきたきゃそうするさ。ただしこいつは俺の考えさ、会がどうとるかはわからんぜ。お前がいなきゃどうしても困るわけはないだろうがな」

マービンはもう一度頷いた。いなければ困る、ということはない。そして、そうなればそうなったで、そんな人間はいても困る、というようになる。

「端っこだ。俺もお前もな。端っこは端っこらしく、あまり考えんことだ」

クロはいって低く笑った。

3

両腕を頭のうしろで組み、マービンは天井を見上げていた。十五分も前に目覚めている。

目覚めてもすぐにはベッドを出ないのが彼の習慣だった。いつも三十分はそうしている。眠りの世界に未練があるわけではない。

完全に目覚めたと確信できるまでは動きたくないのだ。理由はない。ただそうしたいだけだ。

キャサリン。いつも精いっぱい肘をはって生きてきた。マービンにはわかる。店で出すバターの四角い包みを見て唇をかんだ。マービンにだけ一度話したことがある。小学校の給食に出されるマーガリンを毎日、下校時にぶつけられた。混血であることが、いじめられる立派な理由だった、と。マーガリンもバターも、パンもだから大嫌いなのだ、と。

マービンに心を開いているわけではない。むしろ自分と同じ混血であるからこそ、スキを見せまいとしているような節もある。

恋人がいるのか、いないのか。将来、どんな生き方をしたいのか、それすら話したことはない。

半年前、店のビルに貼《は》ったウェイトレス募集のポスターを見て、飛びこんできた。午前二時、店を閉めようという時間だった。妙に思いつめた顔をしていた。そして、マービンを見て、ひどい失敗をしでかしたような表情をうかべた。

それでも働きたい、といった。妹と一緒に住む部屋代がたまっていて、しかもその部屋に帰る電車賃すらないのだった。モデルやホステスにスカウトされたことは幾度もあるといった。しかし、絶対にしたくない、死んでもイヤだ。「ドロシー」の仕事はホステスではない、だから入ったのだ。もし客の隣にすわらされるようなら、いつでもやめる。そういって念を押した。

「ドロシー」には毎晩、トリオが入る。ギターのマービンとベースにドラムだ。あとの二人はあまり食えないスタジオ・ミュージシャンである。スタンダードジャズとポップスだけを客は歌うことができる。ポップスやジャズを客に歌わせる店は少ない。大抵は演歌なのだ。それゆえに「ドロシー」はうまくいっている。キャサリンが入って三日目、歌わせてみた。英語の発音は抜群だった。リズム感もある。今ではウェイトレスというよりは、「ドロシー」の専属歌手に近い。

考えていること、感じていること、簡単に口に出す娘ではない。彼女がレディスのアタマを張っていたことも、彼女ではなく族出身の客から教えられた。ほんの三年前までは横須賀のズベ公にとって伝説的な存在だったという。ある日、突然レディスを解散し、車も売った。その理由は今も誰も知らない。そのためにいよいよ伝説化した。よくある話だった。高校生や中学生、十代の不良少年は伝説を好む。ましてそれが混血の美少女となれば尚更だ。

そして昨夜の彼女。店にいる間は快活でよく働く。あんな姿を一度として見せたことはない。演技、まちがいなく演技なのだ。

売春だろうか。もしそうだとすれば「ドロシー」にいる理由はない。あれだけ若くて、みばが良ければ、幾らでも稼げる。

相手の男も気になっていた。堅気ではない。あの若さ、ポルシェ、ダイヤのカフス。

お洒落《しゃれ》で遊び人、しかもただの遊び人ではない。マービンにはわかる。男にも演技の匂いがした。

マービンは起き上がった。すべてが自分とは無関係のことである。「ドロシー」のマスターでギター弾きで、殺し屋である自分とは。

コンクリートの打ち放しのような天井と壁を気に入って借りた部屋だった。ベッドとオーディオ、天井から吊るされたサンドバッグが、部屋のほとんどを占めている。

顔と口を洗い、マービンはトランクスひとつでサンドバッグに向かった。三十分間、サンドバッグを殴る。もう三十分、蹴る。

そしてスウェットスーツを着る。祐天寺《ゆうてんじ》のアパートから駒沢《こまざわ》公園までを走る。毎日、どんなことがあっても欠かさない。殺しの仕事をしている時は別だ。東京に居て、このアパートで寝起きしている間は必ず走る。

駒沢公園を一周して戻ってくるとシャワーを浴びて朝食を摂《と》る。走る道中に買った新聞をそのときに読む。その後、店に出るまでの時間は、ギターを弾いて過ごす。作曲もするのだ。幾つかに歌詞をつけ、キャサリンに歌わせている。楽譜は読めないが勘のいい娘だ。

午後三時を回ったところでマービンはギターを置き、立ち上がった。二週間に一度の日課の日だった。

はき古したジーンズにネルのシャツを着け、ボンバージャケットを小脇《こわき》に抱えて部屋を出た。アパートの階段をおりると、五〇ccをとめた狭い路地に出る。バイクには乗らず、アパートを三百メートルほど遠ざかった。

小さな月極《つきぎ》めの駐車場がそこにあり、シートをかけられた車が一台だけ、ポツンと置かれていた。

マービンはシートカバーを外すとその車のトランクにしまいこんだ。シルバーグレイの車体は完全塗装をし直し、国産車とは思えぬほどの深みのある光沢を放っている。

最早、公道では滅多に見かけぬ車だった。作られてから十三年が経過している。その間、彼以外のオーナーの手に渡ったことはなく、彼以外の人間がハンドルやシフトレバーに触れたこともない。一九八九cc、直列六気筒DOHC、ソレックスPHHキャブ三連装のS二〇型と呼ばれるエンジンを搭載している。走行距離はしかし、四万キロをわずかに越える程度である。

PGC一〇型、スカイライン二〇〇〇GT—R、現在では幻の名車となっている。速度において、あるいは秀れる車が、この後の国産車に現われているかもしれない。にもかかわらず、その神話は今もなお、崩れてはいない。十三年たった今も、時速二百キロを叩《たた》き出すことができるよう、マービンは常にエンジンを整えていた。

曾孫《ひまご》ともいうべきRSターボはエンジンの力においては、このGT—Rをしのいでいるかもしれない。しかし工場を出る時には速度制御装置という馬鹿げた代物をセットされている。決して百八十キロを上回る速度を出せぬように。

あるいはそれは正しい処置かもしれない。技術を越える車を手にするドライバーが多過ぎるのだ。高速の車を運転するには、さまざまな能力が要求される。いたずらにアクセルを踏むことがすべてではない。注意力、判断力、そして反射神経、それなくして車との一体感を求めれば、結果はドライバーにとって無残なものとなる。マシンは、己れの力を制御するだけの力を持たぬドライバーに対しては冷酷につき放してくるのだ。

マービンはキイ・リングからイグニションキイを外した。

キイを回す。電磁ポンプがまず目覚める。ハイオクタンガソリンがエンジンに流れこみ、止まっていた心臓に血液を送りこんだかのように甦《よみがえ》らせる。

マービンはサイドウインドウをおろした。次の瞬間、獰猛《どうもう》とも表現できる排気音が轟《とどろ》いた。重いアクセルを踏む。回転計が、生きかえった喜びに震えた。

一時間だけ、本格的なラッシュが始まるまで彼女を楽しませてやる——それが二週間に一度のマービンの日課であった。

＊

ブルゾンの下は、オイスターホワイトのミニのワンピースにショートブーツ、というのがその夜のキャサリンの格好だった。いつも通り、店を開ける七時に数分早く出勤してきた。昨夜とはうってかわり、メイクは口紅とアイライン程度だ。

マービンはカウンターの中で彼女を迎えた。

「おはようございます」

「おはよう」

ブルゾンを更衣室にしまい、キャサリンは灰皿を抱え上げた。テーブルに並べるのも彼女の仕事だった。

マービンはデニムの前かけを首から外しながら、彼女の動作を見守った。きびきびした無駄のない動作、気取った仕草はしないのだが、どこか人目を惹《ひ》かずにはおれない。

キャサリンの一番の魅力は、その目にある。大きくて黒い瞳《ひとみ》は、普段は傷つけられた小動物を思わせる潤みがある。だがひとたび感情が昂《たか》ぶると、手のつけられぬ山猫のような輝きを宿す。

スリムだが、百六十五の身長をのっぽと感じさせないのは、その機敏な動作と均整のとれたプロポーションにある。決して大きすぎはしない乳房と、しまったウエスト、日本人には少ない上を向いたヒップ、「ドロシー」の客の中にはキャサリンに熱を上げている者が多い。外見とは裏腹な、ぞんざいな口のきき方にも魅力を感じるようだ。

「マスター、きのうは遅かったんですか」

ダスターを手に、テーブルを拭《ふ》いていたキャサリンが顔を上げず訊ねた。声は鼻にかかったハスキーヴォイスだ。ジュリー・ロンドンのテープを聞かせたら、うまく真似《まね》てみせたことがある。

「少しだよ。一時間ぐらいかな」

店では、マービンはわざとゆっくりとした喋《しゃべ》り方をする。日本語が達者なおだやかな黒人、というイメージを作るためだ。それも演技かもしれない。しかしその演技を、彼は楽しんでいる。

「あっ、いけね」

キャサリンが手を止めた。

「一昨日《おととい》、カズキから借りたテープ、持ってくるのを忘れちゃった。今日返す約束してたんだ」

「奴《やっ》ものんびりしてるからいいだろう。それより今日は例の、やるよ」

例の、というのはマービンが書いた新しいオリジナルだった。彼が作曲し、ベースのカズキが日本語の詞をつけた。

「参ったな。ヨコさんにどつかれそう」

「店が混むことを祈れば。客が歌いたがれば、順番が回ってこないだろ」

ドラムスの横田がバンドの最年長だった。マービンより二つ上、三十八になる。結婚している。妻が、蒲田《かまた》でスナックをやっている。シングルを一、二枚出して消えた歌手だった。店にカラオケはおいてあるが、彼女はどんなにせがまれてもマイクを握らない。横田は、妻のそういう部分を気に入っているらしい、歌わぬことが、彼に対する操ででもあるかのように。

「おっはよう」

ヘルメットを手に、その横田が現われた。プロレスラーのごつい体格の上に、ヒゲを生やした泣き虫小僧をのせると、彼ができあがる。彼も五〇ccを愛用している。

「おいキャサリン、練習してあるか。やるぞ、今日は。歌詞、覚えただろうな」

「げっ」

横田はマービンを見て、にやりと笑った。さっとキャサリンの尻《しり》を撫《な》でる。

「お、いいな。今度、バスドラの調子が悪いとき、叩かせてくれよ」

「ばかやろ」

「キャサリン、看板出してくれ」

「うっす」

キャサリンが店の階段を昇っていくと、横田はカウンターのストゥールに股《また》がった。

マービンに鼻先をつきつける。

「あいつ、男いるのか？」

「いや、知らないな」

マービンは首を振った。

「どうしてだ」

横田が一瞬、考えこむ表情を見せた。珍しいことだった。

「惚《ほ》れちゃったとか？」

マービンは笑顔を見せた。

「そうじゃない。そうじゃないが……」

横田は首を振った。

「つまんねえ噂《うわさ》だ」

マービンは笑みを消さなかった。瞼《まぶた》が半ばおり、夢見心地の表情になる。

「妙なのと最近つるんでるらしい」

「若いし、見てくれは良すぎるぐらいだ。無理もない」

「いや。そんなタマじゃない。そんな生易しい相手じゃないのさ」

「やくざか」

「ともいいきれんのだ」

横田は苦い表情を浮かべた。

「どうした？」

「俺は、あいつが好きだよ。確かにはねっかえりで、何を考えているかわからんようなところがある。けれど、あいつはそこいらの小便娘とはちがうよ。根性がある。正直いって、水商売においとくには勿体《もったい》ない娘だ。一度、あいつを知りあいのプロダクションに預けてみようかと思ったが、きっぱり断わりやがった。それはいいさ、だけどな……」

階段に足音がした。キャサリンが戻ってきたのだった。横田はいいかけた言葉を呑《の》みこんだ。

「ヨコさん、最初のお客さんが来る前に、少し練習させて。マスター、お願いします」

キャサリンが真顔で頼んだ。

「一夜漬《づ》けをする気だな」

「すんまへん。でもお客さんの前でみっともないのはマズいじゃない？」

「よしよし」

溜息《ためいき》をついて横田は頷いた。

「やってやろう」

二十年間、六本木という盛り場を見てきた男だった。水商売だけでなく、芸能界や、堅気ではない世界にも嗅覚《きゅうかく》を持っている。自分の店を持って体を張ることは好きではない、しかし夜の世界から完全に足を洗うこともできないのだ——まったく相反するふたつの部分を持っている。根っからの水商売で、しかも計算ずくで動くことが苦手なのだった。そしてマービンは、だからこそ、この男を相続人に指定していた。

マービンが死ねば「ドロシー」は横田のものになる。彼は知らない。知っているのは、マービンとひとりの弁護士だけなのだ。

4

最後の客が立ち去ると、キャサリンが手早くアイスペールとグラス、ボトルを下げた。

「洗うのはやるよ。看板、消して」

マービンは前かけを首に回していった。流しにはグラスが山と積まれていた。予定にない団体が二組も入ったのだ。ひどく忙しい晩だった。

横田がカウンターにすわり、マービンが洗ったグラスをひとつひとつ拭いていた。

「ヨコさん、あたしがやる」

「いいよ。今夜はマスターとちょいと遊ぶんだ。何だったらもう帰ってもいいぜ、なあマスター」

午前一時五十分だった。一時半にバンドの最後の演奏が終わる。常連はそれを知っているから、その時間を過ぎるとまず入ってこない。

「今日はビートルズの当りだったね」

ベースギターのケースを抱えたカズキが毛糸のマフラーを首に巻きながらいった。同《どう》棲《せい》しているホステスが編んだ物だ。三十前で、水商売を楽しめる場所《ところ》にいる。

「お疲れ」

マービンは微笑していった。

「参ったよね。『イエスタデイ』だけで六回だもんな。こっちは楽だからいいけどさ」

「『ホワイル・マイギター・ジェントリー・ウィープス』だったらどうする?」

横田がバドワイザーの缶をつまんで訊ねた。ほとんど食事もしないでビールを飲みつづけるのがこの男の常だ。それでいて、少しも酔った様子を見せない。

「仕事だもん、やっちゃいますよ」

カズキは胸を張ってみせた。ひょろりとした長身はベースのケースより薄く見える。

「それじゃお先に」

二時から四時までは、恋人が出ているミニクラブでアコースティックギターの弾き語りをしている。その店が終わると二人で帰るのだ。

「おう。お疲れ」

横田がげっぷをして手を振った。

「キャサリン、お疲れ」

「あ、お疲れ」

戻ってきたキャサリンが灰皿を集め始めた。

「いいよ、キャサリン、本当に。デートがあるんだろ」

「何⁉ それ」

キャサリンは素っ頓狂な声を出した。

「隠すなよ。ヨコさんは何でも知ってるんだぞ」

横田が探りを入れるのを、マービンは聞き流していた。

「冗談でしょ。男に興味なんかないわよ」

「あれ。あの兄ちゃんは、実はレズのタチかい」

横田は背を向けたまま呟いた。キャサリンが集めていた灰皿をおろした。横田とマービンを交互に見つめた。

「見まちがいでしょ。さもなきゃ……」

マービンの目を横田が見た。

「さもなきゃ……何でもないわ」

妙に堅い声音だった。キャサリンの頬《ほほ》に浮かんだ厳しい表情からマービンは目をそらした。

「帰ります。じゃおやすみなさい」

灰皿をカウンターに乗せて、キャサリンは素っけなくいった。

「ああ。気をつけて」

ブルゾンを着こんだ彼女がガラス扉に手をつくのをマービンは見送った。一瞬、ふたりの視線がからみあった。大きく息を吐いて目を外したのはキャサリンの方だった。

横田が拭いたグラスを、マービンはピラミッド型に重ねていった。店の始まりと終わりはいつもそうしてあるのだった。

横田がぶらりと立ち上がった。キャサリンの後を追うようにして階段を昇っていく。

マービンはカウンターのスポットをのぞいて、灯りをひとつずつ消していった。冷蔵庫からトニックウォーターを、冷凍庫からウォッカと冷やしたグラスを取り出した。カウンターの外に出ると、ストゥールに腰をおろした。ウォッカトニックを一杯作った。

横田が階段を下って戻ってきた。

「変だな。タクシーに乗らず、歩いていったよ」

マービンの隣にすわると、低い声でいった。

「ずいぶん気にするんだね」

マービンはグラスの中味をひと口飲んで答えた。

横田はデニムのパンツから潰《つぶ》れたショートホープの箱を取り出し、カウンターの徳用マッチをひきよせた。

「突然いなくなっちまうことがある」

「本人がそうしたいのなら良いだろう。別に貸し借りがあるわけじゃない」

「いや。俺がいってるのはそういうことじゃないよ」

横田は残ったビールをひと息で空けると、冷蔵庫から新しいのを出した。

「こいつは単なる噂だ。だからあの娘にはいわんでくれ。あの娘が今、つきあっているらしい男だけれどな……」

冷蔵庫にもたれかかり、プルトップを引いた。間をおいていった。

「マスター、俺はあんたについても何も知らないんだな。考えてみると」

「どうした、突然に」

マービンは微笑した。

「何ていやいいのかな。とてつもねえ危《やば》い組織があるって話、聞いたことないかい？」

「暴力団？」

「ていや、そうなのかもしれないけれど。日本のやくざだけじゃなくて、あっちの——アメリカや香港《ホンコン》なんかともつながってる。よく、噂じゃあるんだよな。それで、そのキャサリンがつきあっている野郎ってのが、そこの奴らしいんだ。それも人売りだって」

マービンの表情は変わらなかった。

「ひと売り？」

「二、三日前に、赤坂にある高級ゲイバーにキャサリンとその野郎がいるのを見たのがいてさ。ここに来たことがあるよ、ま、おかまだけど」

「それで？」

「前にその男がやっぱり若いホステスを連れてきたことがあって、何日かすると行方不明になっちまったっていうんだ」

「………」

「それだけならよくある話だ。だけどな、その話には後日談があるんだ。そのホステスを知ってた商社の奴が中東で見たっていうんだ、その女を。何か凄《すげ》え石油成金の王族のところで、犬っころみたいに首輪はめられて、おまけに両目を潰《つぶ》されてたって」

「すごい話だね」

「おまけにさ、その話をしてくれたおかまは別のなんだよ。つまり、その人売りの話を知ってたってのはもう死んじまったんだ。首くって自殺したんだと。てのは、やっぱりその男がしばらくして別の女連れてきたときに、そっとその話を聞かせたらしいんだ。

あんたが一緒にいる男、ヤバいよって。そしたら三日後だって、そのおかまが首吊って見つかったのが。だから、俺に話してくれたのは、その死んだのの同僚で、絶対に自分のことはいわないでくれっていうんだ。えらくびびってるよ」

「日本の話じゃないみたいだね」

「うん。ヨーロッパや香港あたりじゃよくあるんだってな。でかいブティックの更衣室がドンデンなんかになってて、突然行方不明になっちゃうって話。それきり売られてさ。パスポートもなきゃどうしようもないもんな」

日本人は人気があるのだ。肌のキメが細かく、しかも若く見える。マービンは目を軽く閉じて、ウォツカトニックをあおった。

以前はヨーロッパ、特にパリが多かった。しかし今、需要が多くなり、しかも好みのタイプには金に糸目をつけぬ客がいるという。

そんな客のために、タイプの女に狙《ねら》いをつけて個別に接近し、落とす男たちを会は飼っている。さすがに目隠しした状態で日本から連れ出すわけにはいかないからだ。近づき、女をその気にさせておいて海外旅行にひっぱり出す。外国ならどこでもいい。旅行者のひとりがいなくなったとしても気にする人間はいないのだ。

あの男がそうなのだろうか。だとしても、キャサリンは簡単にひっかかるような娘ではない。

「マスターからそれとなくいってやるわけにはいかないかい」

「聞く子かな」

　マービンは首を振った。そしてつけ加えた。

「それはきっとヨコちゃんの思いすごしだな。あの子はそんなやくざなんかの罠《わな》にはまるような娘じゃないさ」

「でもまだ何たって二十《はたち》だぜ」

　横田はムキになっていった。

「人に干渉されて平気でいられる娘じゃない。かえってヤブヘビさ」

　横田は手にしていた缶をおろした。妙に醒《さ》めた目つきだった。

「そうだな。そうだよな。マスターはいつも他人には構わない主義だったな。忘れてたよ」

「そういう意味じゃない」

「いや、俺が悪かったよ。あの娘に本当、俺いかれてるのかもしれない。男でも女でも、ああやって精いっぱい突っぱらかって生きてるのが好きだからさ。俺みたいにすぐ巻かれるのは駄目だよな」

　マービンはグラスを干した。

「煙草《たばこ》一本、くれる？」

「あれ、マスター吸うの？」

　マービンは笑みを見せた。横田のくしゃくしゃに潰れたホープをくわえた。マッチで火をつけ、ひと吸いする。

「もしあの娘がいなくなったら、この店寂しくなるよ」

「大丈夫だよ、ヨコちゃん。そんなことは絶対ないさ」

横田は肩をすくめた。急に老けこんだように見えた。

横田が帰ったあとも、マービンはカウンターにすわっていた。一服だけ吸った煙草が灰皿の中でじりじりと燃えながら、ひと筋の煙を上げていた。

マービンはスポットの外にできた闇《やみ》の中で、ひっそりと微笑を浮かべた。やがて煙草が燃え尽き、煙がとまった。瞼が落ち、眠るような表情で、マービンは立ち上がった。

*

倒してあるバケットシートの中で、マービンは腕時計を掲げた。午前四時四十分だった。彼の乗るGT—Rの中からは、恵比寿駅に近い四階建てのアパートがよく見えた。キャサリンの部屋は、三階の右側の部屋、確かそうだった。灯りはついていない。妹は寝てしまっているようだ。会ったことのない彼女は十八で、OLをしているという。

マービンは二時間近く、そこに車を止めていた。エンジンを切っているので、車内はおそろしく冷えこんでいる。胸の前で交差した手をボンバージャケットの内側に差しこんで、暖をとっていた。

あと数分で五時という時に、独特のエンジン音がアパートの建つ路地に響いた。バックミラーがライトを捉えた。マービンは体を低くした。

ポルシェがアパートの前に止まり、ドアがひとつだけ開いて閉じた。低い話し声、やがてひとりの足音が建物に駆けこむ。

ライトがゆっくりと方向を転じた。マービンは体を起こした。キャサリンはたった今、男に送られてきたのだ。

ポルシェの尾灯が路地から見えなくなると、マービンはイグニションキイを回した。冷えたエンジンは寝起きの機嫌の悪さに車体を震わせた。それをあやすように、マービンはそっとサイドブレーキを外した。

ふたつ目の信号でマービンはポルシェに追いついた。相手に劣らず目立つ車である。少なくなったタクシーの空車を一台はさみ、マービンは尾行を開始した。やがて間にいたタクシーが左折し、二台の間には車がなくなった。マービンは無表情で尾行を続けた。

ポルシェは後続車をあまり気にしてはいないようだった。駒沢通りをしばらく走り、環状八号線を左に曲がる。やがてすぐ第三京浜に入った。

第三京浜に乗ると、ポルシェは加速した。平均時速百七、八十キロで疾走していく。マービンは車間距離を縮めず、ぴったりと追尾した。並みの国産車では不可能だったろう。

あっという間に第三京浜を走り終えたポルシェは、今度は横浜横須賀道路に入った。この比較的新しい高速道路をも、ポルシェは疾駆した。自分についてこられる者などいない、と運転者は信じているようだった。

その横浜横須賀道路を終点で降りると、十六号線に入った。ゆったりと走る。逗子《ずし》、鎌倉《かまくら》は、目と鼻の先だった。恵比寿からものの一時間もかかってはいない。

ポルシェが不意にウィンカーを出した。沿道に建つ、「デニーズ」の駐車場に入ってゆく。そこは追浜《おっぱま》の米軍基地に近いようだった。ブルーやイエロウナンバーの軍用車、白、黒の外国人の姿が目についた。夜は既に明けている。

マービンは「デニーズ」の先で車を止めると、淡い微笑を浮かべた。外見は、まったくの黒人にしか見えない自分にとって、理想的な場所だった。むしろ目立たない。

車を降りると、マービンは徒歩で「デニーズ」に引き返した。

ポルシェの男は店の奥、目立たぬ席にすわっていた。マービンはその斜め向かいに腰をおろした。ひっそりと両手をポケットに入れ、終始伏し目がちで通した。

客の半数が外国人だった。米軍の弾薬庫も近く、このあたりには兵士のドミトリイ（寮舎）も多い。

男は黒のブルゾンに黒のスラックスを着け、淡い色のサングラスをはめていた。サングラスを取ると、運ばれてきたおしぼりで顔をぬぐった。さすがに疲れているようだ。陽《ひ》に焼けた端整な横顔だった。

午前六時二十分、四十五、六の白人が、道路の反対側をジョギングスタイルで走ってきた。たくましい体格に、トレーナーとパンツを着け、首にタオルを巻いている。鼻先が寒気で真っ赤だった。

白人は信号を待つ間も足踏みをやめなかった。膝の屈伸、腰の回転、体を休めない。

そして信号が変わると、歩道を渡り店内に入ってきた。まっすぐにポルシェの男の席まで歩き、腰をおろす。周囲には目もくれなかった。

白人がいうのが聞こえた。

「グッモーニング」

男がふた言み言英語で返すと、ブルゾンのポケットから封筒をひっぱり出した。

白人がその封筒の中味をひき出して眺めるのをマービンは見ていた。

「グッド。ベリイ・チャーミング」

白人は幾度も頷くと、封筒をジョギングウエアの中にしまいこんだ。白髪をきれいになでつけ、鉤鼻《かぎばな》の上の青い目が冷たく澄んでいる。磨きこんだ鋼鉄の色だった。

見届けるとマービンは立ち上がった。白人は薄いコーヒーをすすり、男に何かを話しかけた。二人は低い笑い声をたてた。

車に戻ったマービンは、車首の向きを変え、待つ間に考えた。浅黒いおだやかな顔には何の表情も浮かんではいなかった。しかし、確かにポルシェの男が白人に渡したのは、キャサリンの写真だった。

＊

ポルシェが茶色いレンガ壁をまとった高級マンションの地下駐車場に消えると、マービンは車を左側に寄せた。代官山だった。男は白人と別れた後、代官山のマンションにやって来たのだ。どうやら、そこが男の住居らしかった。

十分ほど待つと、マービンはGT―Rを駐車場に進入させた。天井の高い、コンクリートの駐車場には高級車が並んでいた。ポルシェも一台だけではなかった。が、マービンは男の車のナンバーを覚えていた。

そのポルシェを見つけると、マービンは車の鼻先に止めた。既に車内は無人だった。マービンはGT―Rのトランクを開いた。スペアタイプのカバーを外すと、革のひらべったいバッグが現われた。その中からT字型の金属板を取り出した。それをポルシェのサイドウインドウと扉の間にすべりこませる。

数秒でドアロックが解けた。マービンはポルシェの車内にすべりこんだ。

車検証には古賀という名が記されていた。

マービンは微笑を浮かべた。グローブコンパートメントには他に手がかりになりそうな品はなかった。サングラスがケースに入ってひとつ。他にはアルミ缶に入った少量のマリファナだ。

続いてマービンがしたのは小型のワイアレスマイクを車内に仕掛けることだった。リアシートの裏に貼りつけ、アンテナコードをシートの下を通してラジオアンテナに接続した。これでこの車は、走る小型放送局となる。

ワイアレスマイクも革のバッグから取り出したものだった。そしてそのバッグはトランクに戻さず、GT－Rの助手席に置いた。他にも使う品が入っているのだ。それらの品はすべて仕事に使う道具だった。おそらくは、このポルシェと同じ組織から出た金でまかなわれているのだ。マービンにとっては皮肉に満ちた話だった。そして古賀にとっても。

5

部屋に戻り、短い睡眠をとったマービンは、横田に電話をかけた。

店に少し遅れるか、ひょっとしたら休むかもしれない、という内容のものだった。

午後一時にマービンは部屋を出た。そしてGT－Rに乗りこみ、無表情で車を走らせた。

恵比寿のキャサリンのアパートの前で車を止めると、マービンは降りたった。

階段を三階まで昇り、彼女の部屋のドアをノックした。

「誰方《どなた》？」

キャサリンの声が返ってきた。しわがれ、疲れた声だった。

「私だ、マービン」

「マスター!?」

ドアが内側に開いた。トレーナーにジーンズを着けたキャサリンが顔をのぞかせた。

「どうしたの」

マービンは微笑した。

「君の本心を聞きたいのさ」

「何です？」

「古賀という二枚目のことだ」

キャサリンの表情がこわばった。ドアを押し開くと、マービンはキャサリンの部屋の中に入った。半年前、無一文の彼女を送ってきたときに比べると大きく変化していた。何よりも部屋に暖かみがあった。カーテン、テーブル、マット。家具が増えている。

キャサリンは顎をひいてマービンを見上げた。

「お説教しに来たの？　マスター」

「どこまで知っているんだ」

マービンはおだやかに訊ねた。

「マスターこそ、どうして」

「どうしてでもいい。君には関係のないことだ。あの男が人身売買をしている人間だということを君は知っているね」

キャサリンは一歩退いて横を向き、窓を見つめた。

「だから――？」

「売られたいのか」

「まさか」

キャサリンは腕を組んだ。

「マスターにこそ関係のないことだわ」

目が光を放った。

「ヨコさんが心配している。あの男のことを最初に話してくれたんだ」

「マスターはバイトにマッポもやってるの」

「尻に火がついているんだ。わかっているのか」

「待っていたのよ」

キャサリンは脚をふんばって笑みをうかべた。浅黒い顔に猛々しい美しさが表われている。

「あいつがひっかかってくるのを」

「…………」

「去年の春だったわ。あたしのマブダチで京子っていう娘が、あいつにひっかかったの。レディスの頃からの連れだったのよ。ポルシェに乗ったすごくマブい男だってはしゃいでいたわ。でも一度だって会わせてくれなかった。ある日突然いなくなって、部屋からパスポートが消えてたわ。あいつと外国旅行に行ったのよ、香港まで。一ヵ月したらあいつだけ舞い戻ってきたの。あたしと京子の兄貴のふたりで、必死になってそこまでつきとめたわ。でも、これからっていうときに、彼、殺されたのよ。真夜中に轢《ひ》き逃げされて。あたしは顔を知られてなかったから助かったのね。でも、すべてがパーよ。あたしひとりじゃ何もできないって、そのとき思ったわ。あたしは彼と婚約してて、おまけに妊娠までしてた。子供おろして、ひとりぼっちになって。でもいつか見つけてやろうと思っていた。そして見つけたのよ。ディスコであいつが獲物を捜してるとこを。うまくひっかかった。マスター、手を出さないでね、邪魔もしないでね。あたしが決着をつけるのよ」

「どうするつもりだ」

「海外旅行に行こうって誘われているのよ。パスポートも取ってやるって。勿論《もちろん》、行きはしないわ、化けの皮を剝《は》がして、二度と女をだませないようにしてやる」

「君がいつも持ち歩いているカミソリを使ってかい」

マービンは悲しげに微笑んだ。

「知ってるのね。マスター、あなた一体、何者なの」

「『ドロシー』のマスターだよ」

「ちがうわ。あなた只《ただ》の人じゃない。色んなことを知ってる」

「君に害を加えたりはしない」

「わかってる」

キャサリンは下を向いた。

「マスターに助けられたのよ、あたし。あのとき『ドロシー』に拾われなかったらどうなったかわからないわ。意地ばかり張って、体の弱い妹は病気だったたし、本当にあたし、どうしようもなかったのよ」

「今はちがう」

「そうね。『ドロシー』はいい人ばかりだし、こんな生き方もいいなって思い始めてたところだった」

「実家は？」

「お袋だけ。アル中よ」

吐き捨てるようにキャサリンはいった。

「やめる気はないのか」

「ないわ」

マービンはかすかに頷いた。

「好きにするさ」

キャサリンは目を瞠《みひら》いてマービンを見上げた。

「マスター？」

「何だい」

「あたしがマスターと同じだから、混血《ハーフ》だから……マスターは心配してくれるの？」

「ちがうな、それは」

マービンは低い声でいった。

「絶対にちがう」

＊

七時にやってきた横田が驚いたようにいった。

「あれ、遅刻か休みじゃなかったのか」

マービンはカウンターにかけていた。

「予定が変わったんだ」

「さてはふられたね」

「ああ。手ひどくね」

マービンは微笑をうかべていった。

一年前の初夏に、クロから依頼を受けた仕事を覚えていた。盗難車を使い、男をひとり殺した。川崎市の外れだった。まだ若い、ありきたりの男だった。会の仕事としては珍しい種類の相手だ。獲物も持たず、ボディーガードもいない。何より、警戒をまったくしていなかった。あまりに簡単すぎた。

「キャサリンが遅刻か、かわりに」

「じきに来るさ」

今夜、パスポートと航空券を持った古賀に会う、と彼女はいったのだ。店が終わってから待ち合わせている――わかった、好きにするがいい、そう答えてマービンはキャサリンの部屋を出てきたのだ。

そして同じ今夜、キャサリンが古賀に会う前に、古賀を始末するつもりだった。彼女が「ドロシー」にいる間にやる。キャサリンに容疑がかからないようにするためだ。警察の容疑ではない。会の容疑だ。

客がぽつぽつと入り始めた。

午後八時を過ぎてもキャサリンは現われなかった。

横田がアパートに電話を入れた。不安そうな表情になっていた。

「誰もいないぜ。妹さんも出ない」

「ふたりで出かけたんだろう」

マービンは前かけを外した。

「どこに行くんだ」

ボンバージャケットを取り出した彼を見て横田が訊ねた。マービンは無表情になっていた。キャサリンは待ち合わせの時刻について、マービンに嘘をついていたのだ。

「戻らないかもしれない。店はあなたに任すよ」

マービンは横田にいった。

「おい、どうしたんだよ、マスター」

横田は、言葉にこめられた意味に気づかないようだった。マービンはちょっと微笑した。

「行ってくる」

次の瞬間、階段を駆け昇っていた。

路上駐車してあったGT─Rにマービンは乗りこんだ。裏道を使い、渋滞を避け六本木を出る。代官山まではたいしてかからない筈だ。もし、間に合えば。

車を運転するマービンはいつもの夢を見ているような表情に戻っていた。しかし、本当に夢を追っているのではないことは、代官山のマンションの駐車場にすべりこんだときにはっきりした。

所定位置にないポルシェに舌打ちすると、助手席のバッグから四十五口径のオートマティックを取り出したのだ。コーデュロイパンツの脇に銃を差し込み、マービンはバッグを手に車を降りた。ロビーに上がり、郵便受けで古賀の部屋を確認すると、非常階段でその階まで昇った。

ドアロックなど造作もないことだった。バッグの中味を使い、二十秒でマービンは古賀の部屋に入りこんだ。誰ひとり、マービンに気づいた者はいなかった。

部屋は十六畳はあるワンルームタイプで趣味のいい調度で埋まっていた。古賀は自分の住居を最高の仕事場にしていたにちがいない。かすかに香水が匂った。キャサリンの香りだった。

銅に雲母をあしらった洒落《しゃれ》たフロアランプの下、ゆったりとした肘かけ椅子があった。

マービンは灯りをすべて消し、その椅子に腰をおろした。
それきり石のように動かなくなった。

6

午前零時を数分回ったとき、ドアの錠がカチリと音をたてて開いた。分厚い扉は足音を一切、通さなかった。

廊下の灯りが室内にさしこみ、すぐに細まると、部屋のランプが点《とも》った。

マービンは椅子にすわり、膝の上にのせた右腕で四十五口径を構えていた。灯りが点る瞬間、撃鉄を起こした。

古賀が呆然《ぼうぜん》とした表情で立ちすくんでいた。両頰に大きな絆創膏《ばんそうこう》が貼られている。それでも足りず、顎にかけてじくじくと血を滲《にじ》ませた細い傷跡が走っていた。

「錠をかけるんだ」

マービンはおだやかな声でいった。

「逃げることは考えるな。顔の傷を一生、心配しなくていいことになる」

銃口は古賀の下腹部を狙《ねら》っていた。

古賀は蒼《あお》ざめた顔で頷いた。いわれた通り、錠をおろす。

「彼女はどこだ？」

古賀を部屋の中央に手招きすると、マービンは訊ねた。

「誰だって？」

古賀は訊ね返した。マービンは立ち上がり、撃鉄をハーフコックに戻した。続いて銃身を古賀の頬に叩きつけた。

古賀は耐えきれずに床に倒れた。マービンは革のバッグを取り上げた。拳銃《けんじゅう》を脇に差し、ダブルエッジのナイフをバッグから出した。鞘《さや》から抜くと刃身は十五センチはあるものだった。マービンはかがみこんだ。

ついさっきカミソリで痛い思いを味わった男にとって、何より恐ろしい道具である筈だ。古賀の目の焦点が刃先に合うと、唇が土色になった。

「よせ、や、やめろ」

「手の指を一本ずつ落とす。それから耳、鼻、目だ」

マービンは静かに囁《ささや》いた。

「お、お前、俺に手を出したら、どこにも逃げられんぞ」

マービンはゆっくり頷いた。

「わかっている。私も会の人間だ」

古賀は目を瞠いた。

「いくぞ」

「いう。麻布のレストランで『ネイドゥ』ってところだ。今夜は臨時休業させた。そこに、妹と、一緒にいる筈だ」

「妹?」

「奴が土壇場で駄々をこねたときの用心に妹をさらっておいたんだ。本人が嫌がっちゃ出国はできないからな」

「他には誰だ」

「ヘリック中佐がいる。朝まで待ってヘリックの家に泊める筈だ。俺の車に乗っていった。今度の話は皆、ヘリック中佐が進めた」

「ヘリックも会の人間か」

「知らないのか!?」

古賀は唇をふるわせた。

「中佐は東京の最高幹部だ」

「キャサリンはどこに売られる?」

「よくは知らん。南米らしい。今度は特別な大物がからんでいてアメリカ本国からのオーダーだった」

「嘘ではないな。お前をここに動けなくしておいて、もし嘘だとわかったら戻ってくるぞ」

「本当だ、誓って、本当だ」

マービンは軽く頷いた。そして素早く、古賀の頸《けい》動脈を掻《か》き切った。

返り血を浴びることもなかった。バスルームから持ち出したタオルで、マービンは室内の指紋をすべて拭った。それからタオルを血溜りの中の古賀の顔の上にほうった。

再び、誰に見られることもなく古賀のマンションをマービンは出た。一般道に出ると、パトカーの目につかぬ限りのスピードで麻布に向かった。

クロが「ネイドゥ」を気に入っていたのも無理もない話だ。会の人間がことあるごとに使っている。あるいは今夜の一件に、クロも関わっていて、嫌がらせのために「ネイドゥ」を使ったのかもしれない。あの店の男が、クロの正体を知っていることは明らかだった。

どんな仕打ちをされても、警察に泣きつくことはないだろう。

「ネイドゥ」の前には古いクラウンが一台止まっているきりだった。そのクラウンの鼻先にGT－Rを止めておいて、マービンは降りたった。

古賀を始末するのに使ったナイフは鞘に収まって、右の足首に固定されていた。マービンは「ネイドゥ」の木の細い階段を見上げた。少しだけ息を吐き、首を回す。

それから軽い足どりで階段を駆け昇った。

カウベルの下に「休業」の札が下がっている。マービンは扉をノックした。

誰も答えなかった。もう一度叩《たた》いた。

「すいません、今日は休みなんです」

「マービンだ」

足音が扉に近づいた。

「何の御用です」

「開けろ。クロに用がある」

扉の錠が回った。マービンは狭い踊り場の壁で右肩を支えた。扉が内側に開こうという瞬間、思いきり蹴った。

呻《うめ》き声が上がった。マービンは大きく開いた空間に飛びこんだ。

吹き出す鼻血を両手で押さえた男がひとり床にひざまずいていた。恨めしそうにマービンを見上げている。見たことのない若い顔だった。

「何の真似だ」

クロがそこにいた。テーブルをひとつだけ中央に置き、その向こう側にすわっている。ヴェストの親爺《おやじ》の姿は見えなかった。かわりにカウンターの足もとに毛が抜けた毛布をぐるぐる巻きつけられたものが転がっていた。

クロはあいかわらず黒のスーツを着けていた。ただし今夜はネクタイをしめている。マービンはボンバージャケットの内側から四十五口径を抜いた。

「キャサリンは？」

クロは表情を変えずにマービンの銃口を見た。いつものように疲れきった顔をしているだけだ。

クロは首をわずかに傾け、毛布の塊りを示した。マービンが向きを変えた瞬間、テーブルの下で重たい破裂音が響いた。

マービンは左肩に衝撃を受けて転がった。よせられていた椅子やテーブルの中に倒れこむ。扉のところにいた若い男がとびかかってきて、拳銃を奪いとり、滅茶苦茶に蹴りつけた。唇が裂け、前歯を折られた。腹の上にとびのられ、マービンは体を曲げて吐いた。

クロが音をたてて椅子を引き、立ち上がった。右手に消音器をつけたベレッタをつかんでいた。

マービンを見おろした。

「端っこは所詮《しょせん》、端っこだな」

マービンはゆっくりと体を起こした。クロが一歩退がる。決して銃を持った手を、相手の届く範囲におこうとしない。

「ネクタイをしてるだろう、ほら」

左手でネクタイをいじってみせた。

「銃を持つ日、か」

マービンは濡《ぬ》れた声でいった。

「頭いいなお前」

「キャサリンはどこだ」

「幸せになるよ」

しみじみとしたいい方だった。知らぬ人間が聞けば本気にするような暖かみすらこもっていた。

「立つぞ」

マービンはいって右腕をついた。左肩がひどく痛み、手を動かせそうになかった。

「立ってみな。もう一回ころがしてやる。それでおしまいだ」

マービンは吐息をついた。

「どうする気だ」

「どうする気だ、と。お前が決めろ、お前が勝手にやって来たんだ」

「嘘をついていたろう」

マービンはいった。

「何をだ？」

「俺もあんたも端っこだ、と。あんたはちがった」

クロは笑った。かすれた声だった。

「いや同じさ。いつでもとりかえがきく」

マービンの体が跳ね上がった。低い姿勢でつき刺さるようにクロの下半身にとびかかった。クロのベレッタが爆《は》ぜた。クロが大きな叫び声を上げた。

マービンはタックルするようにクロの体を抱えていた。右手のナイフが柄までクロの腹に刺さっていた。

クロの銃を持った手が、弱々しくマービンの肩を、首すじを殴った。だがマービンはクロの腰を抱えて放さなかった。四十五口径を持った若い男に、クロの体を盾《たて》にした。マービンの手に力がこもった。

埋まったナイフをゆっくり回した。クロが絶叫を上げた。今度は渾身《こんしん》の力をこめてマービンのいたる所を殴りつけた。

若い男が二人の反対側に回ろうとした。その動きにあわせてマービンはクロの体を回した。ためらっている、マービンを撃とうとして、クロを傷つけるのを恐れている。マービンはナイフを一回転させた。右腕の肘までクロの血をかぶっていた。クロは嘔吐《おうと》の声を上げた。ナイフからネバつく手を離した。目の前にぶら下がったクロの手からベレッタをむしりとる。

若い男に、クロの体をつきとばした。男はようやく決心をしたようだった。腰を落とし四十五口径を構えた。マービンは一挙動でその額を撃ち抜いた。男は入口の扉に体をうちつけ、ずるずると崩れた。

マービンは毛布の塊りに歩み寄った。毛布の端をめくる。見覚えのない娘があった。全裸で、絞殺されている。どこかキャサリンの面影を探した。似たところはなかった。マービンは悲しげに首を振った。

＊

GT―Rは咆哮《ほうこう》を上げていた。追いこし車線を走り続け、邪魔をする車にはぴったりと貼《は》りつきライトとクラクション、そして猛烈なあおりを食わせた。車速は百八十を軽く越えていた。

第三京浜を十分で走り抜け、横浜横須賀道路に入りこんだ。一車線が広くなり、走行台数がめっきり少なくなった。五百メートルに一台の割合になっている。速度計はわずかに震えながら二百を指していた。

横浜横須賀道路に入るとすぐ、マービンは革のバッグから小型ラジオを取り出してスイッチを入れた。

雑音がずっと続いている。マービンの顔には何の表情もうかんではいなかった。ヘリックがキャサリンを自分のドミトリイに連れこめば救うことはできない。普通、佐官クラスは基地内に官舎を持っている。

マービンはラジオのヴォリュームを上げた。ソレックスの吸気音は猛々しい叫びを上げ、ラジオの雑音すらも聞きとれないのだ。

日野を過ぎ、港南台にさしかかった。突然、ラジオの雑音が止まった。前後には一台の車も見えない。しかし、ラジオはポルシェから発せられる弱い電波をキャッチしていた。

ヘリックはのんびりとしたドライブを楽しんでいるようだった。マービンの口元にかすかな笑みが表われた。

氷取沢《ひどりざわ》トンネルを越えたとき、赤いテールランプがマービンの目に入った。あとわずかだった。

「アー・ユー・タイアード？」

不意にラジオが話しかけた。あの白人の声だった。答える声はない。

「ネ・ム・イ・ノデスカ？」

日本語だった。

ポルシェの尾灯が近づくにつれ、マービンはアクセルから足を離した。ブレーキを小刻みに踏む。速度は見る見る落ちた。

百四十でポルシェを追い抜いた。ポルシェは百キロの巡航速度でゆったりと走っていた。ポルシェの先五百メートル地点でGT—Rはポルシェと同じ車線に入った。同時に速度を八十まで落とすと、フルブレーキを踏んだ。ハンドルを振り、サイドブレーキをつかみ上げる。後輪がロックされ、スキットし始めた車体を感じると同時に、サイドブレーキを再びゆるめた。ハンドルを素早く返す。GT—Rはスピン・ターンを終え、元来た道と向かいあった。

マービンはライトを上目に上げた。近よってきたポルシェが驚いたようにブレーキを踏み、尻を振った。しかしさすがにスピンすることなく停止した。

マービンはドアを開き、車を降りたった。ハイビームにした沃素《ようそ》ランプのお陰で、運転席の白人と、隣にすわるキャサリンがはっきりと見えた。

ヘリックが運転席の窓をおろして叫んだ。

「ユー、クレイジー！」

マービンはライトの中に進み出た。ヘリックとキャサリンの目が同時に大きく瞠かれた。

四十五口径の銃声は大きかった。ポルシェのフロントグラスが一瞬真っ白に曇り、つづいて砕けちった。

ヘリックはヘッドレストに上半分を失った頭蓋《ずがい》を叩きつけた。両手がだらりと下がった。

ポルシェに歩みよったマービンは助手席の扉を開いた。キャサリンが放心したように彼を見上げる。頬が汚れ、幾すじもの涙のあとがあった。

「マスター」

唇がふるえた。マービンのおだやかな顔と、血にそまったボンバージャケット、左肩の穴、右腕の銃を見てとった。

マービンは右手を振った。砕けたフロントグラスから四十五口径が投げこまれ、ヘリックの真っ白にプレスされていたシャツの胸元で弾んだ。

マービンは微笑した。

「好きなところまで乗せていこう。さあ、どこへ行きたい？　いってみたまえ」

瞼がゆっくりとおりた。夢心地のような表情でマービンは手をさし出した。

フェアウェルパーティ

1

女が入ってきたのは、午後六時を少しだけ回った頃合《ころあ》いだった。夏が終わったとはいえ、九月もまだとば口の夕方は、五階の窓から見える六本木が白茶けたてんで意気地のない街並みであることを教えるほど、明るい。

五階の店はカフェバーで、それほど混んではいなかった。明るいグレイに塗られたカウンターと布張りのボックス、学生風の四人連れと二組のアベック、あとはカウンターにもたれかかった若者がひとりだった。バーテンダーやウェイターも手持ちぶさたにしていた。所在なげにカウンターの内側で煙草《たばこ》を吸ったり、キャッシャーの陰で、伝票を並べかえるふりをしながら、無駄口を叩《たた》いている。

女が足を踏み入れたとたんに、それが変わった。アベックの男たちと四人組が一様に話すのをやめ、彼女を見つめた。ウェイターは先を争って動き、バーテンダーは煙草を消してカマベルトの位置を確かめた。

「いらっしゃいませ！」

愛想のいい叫びが、口々にこだました。

女はオイスターホワイトのニットのワンピースを着け、ヴィトンの小さなバッグを左わきにかかえていた。長身で、足取りそのものは早くないにもかかわらず、動きが滑らかで大きかった。百七十センチはあったろう。

髪はまっすぐでつややかに光り、肩までの長さに切り揃《そろ》えられている。化粧は、淡いアイシャドウと、口紅の他は、ほとんどその存在を感じない。

目もとにふくらみと品があった。鼻は、すきとおるように白く、まっすぐ通っていて、大きすぎず小さすぎない、ふっくらとした唇につながっている。瞳《ひとみ》には、輝きと優雅さが宿っている。

かけ値なしで、今までそのカフェバーを訪れた、最高の美人だった。

女はまっすぐに店を横切ると、カウンターのストゥールに腰をおろした。無駄がなく、気取りがなく、男の目を釘《くぎ》づけにせずにはおかない仕草だった。

仲間たちとの競争に一歩の勝利をおさめたウェイターが彼女のかたわらに立った。ニットのスカートのすそからのぞいた美しい太腿《ふともも》に目を奪われながらも、メニューをさし出した。

女はそれには目をやらずにいった。

「ウォッカマティニを」

カウンターにいたバーテンダーは、それを聞くや、シェイカーを取り上げた。マティニをステアではなくシェイクで飲み始めたのが、ショーン・コネリーであることを彼は知らなかった。だが、そういう注文をする客が多く、彼自身もそうした作り方を好んでいた。

バーテンダーは注意深く、シェイカーをウォッカで洗った。きちんと作るのは、久しぶりだった。実のところ、彼は、彼女が自分の知らないカクテルをオーダーしなかったのでほっとしているのだった。ときおり、佳《い》い女ぶった嫌な客が、自分でも飲んだこともないようなカクテルを、本か何かで覚えてきてオーダーすることがあるのだ。

「おつまみの方はよろしいですか」

ウェイターはくいさがった。女の体からは、ふんわりとした香りが漂っていた。女は美しいだけではなく、男という男に強烈な性欲を感じさせる何かを持っていた。

「けっこうよ、ありがとう」

女が微笑すると、ウェイターは深々と一礼してひき退った。その年齢が、実際は彼とさしてちがわぬ筈《はず》なのに、彼は一方的に、自分より高いところからふってくる声として、女の言葉を聞いた。

女はカウンターにのせたバッグから一本だけ煙草を抜き出すとくわえた。マティニ作りにあぶれた、もうひとりのバーテンダーは、相棒の体を危くつきとばしそうになりながらライターをさし出した。

「すみません、ありがとう」

女は左手で髪をかき上げながら、その親切に応じた。

一服した女は、カウンターを共有する若者に体の向きをかえた。若者と彼女は、ストゥールひとつをへだてているだけだった。

その若者だけが、店中で唯一、彼女に目をくれない存在だった。むっつりと、不機嫌そうに唇をとがらせ、ビールの入った三角形のグラスに目をこらしていた。グラスの中味は、とうに泡を消し、ぬるまっていたが、手をつけた気配はない。

白のポロシャツとコットンパンツ、素足にデッキシューズをはいている。光沢を感じさせるほど陽《ひ》に焼けた肌と、そのせいでカウンターにかぶさってみえるほどの長身が人目を惹《ひ》く。百八十五センチはこえている。

焼けた頰《ほほ》に、めだたないが、ぽつぽつと無精ヒゲがのびていた。陽焼《ひや》けがあせれば、甘く端整なマスクなのだろうが、黒さゆえに、今はひきしまった、精悍《せいかん》な顔立ちに見える。

若者は息を吐くと、カウンターの上で組んだ両腕をほどき、グラスの横におかれたハイライトの袋に手をのばした。

拍子に、左肘《ひじ》の上から、ポロシャツの袖《そで》で隠れるところまで走る、白い傷痕《きずあと》が露《あら》わになった。まっすぐ、陽焼けした左腕を縦に裂くように、それは走っている。

若者はくしゃくしゃになった煙草をぬきだすと、指でしごいて平らに潰《つぶ》し、唇にさしこんだ。つづいて、放り出してあるブックマッチに手をのばす。

軽やかな音をたてて炎がのびた。女がライターをさし出したのだった。

若者は怪訝《けげん》そうに、ライターの炎と、その持主を見やった。が、煙草を近づける気配は示さなかった。

「赤座《あかざ》雄《ゆう》、さんでしょ」

女が微笑《ほほえ》んでいった。

若者はすぐには答えなかった。

「麗華《れいか》に電話したら、ここにいるだろうって、教えてくれたの」

女は炎を持った腕をさしのべた。若者はようやく、その炎を借りた。

「あんたは」

ぶっきらぼうで、かすれた声を彼は出した。

「麗華の友だち。カエデ、木の楓と書くの。楓静香」

「ふーん」

若者——雄は頷《うなず》いた。

「少し、いい？」

静香は雄の面をのぞきこんだ。

「御自由に」

雄は、さして嬉《うれ》しげな様子もなく頷いた。

「お願いしたいことがあるんです」

「俺《おれ》に？」

静香は頷いた。

「何を」

「人ひとり、守って欲しいの」

雄は静香を見た。瞳《ひとみ》に、面白がっているような色が浮かんでいた。だが、口にした言葉はにべもなかった。

「お門ちがいだな」

「そんなことありません」

静香は首を振った。

「あなたのことは麗華から聞いてましたから。あなたならぴったりよ」

「冗談じゃない」

雄は唇をゆがめた。

「俺はマッポでもなけりゃ私立探偵でもないぜ。俺は、ただの――」

言葉が淀《よど》んだ。

「プロサーファー？」

雄の目にさっと怒りが瞬き、消えた。

「いや。やめた。今の俺は、何でもない」

「だったらどう？　ひと晩だけ、ボディガードをやってもいいのじゃない？」

「麗華があんたに頼んだのか。居候が邪魔くさくなって、職を世話するように」

「まさか」

静香は首を振った。

「あの娘は、あなたに夢中よ。あなたは知らないでしょうけど、あなたが半年ぶりにハワイから帰ってくるというので、ニューヨークで出る筈だったショウの仕事をキャンセルしたぐらいなのだから」

「………」

雄の表情には何の変化もなかった。

「私が無理に頼みこんだのよ。麗華からあなたの話を嫌になるほど聞かされていたから。麗華は、何もしなくてもいいから、あなたにずっと彼女のところにいてもらいたがっているわ」

雄は静香を見た。

「本当よ」

静香は雄の視線を受けとめると、いった。

雄は短くなったハイライトをまずそうに唇からひきはがした。灰皿に押しつける。

「彼女と私は幼な馴染《なじみ》なの。お互いのことは何でも知ってるわ。ここしばらくは会っていなかったけれど」

「なぜ」

雄は灰皿の中で折れた吸い殻に目を向けて訊《たず》ねた。

「私が、結婚したから」

「若いのに。人の奥さんか」

「そう」

「守ってほしいってのは、御主人か」

「そう」

「何から守るんだ」

「わからない。そういう人たちから」

「そういう人たち？」

「だから、人を殺したりする」

雄の頰をかすかな笑いがよぎった。

「殺し屋、か？」

「ええ」

「警察に頼むんだな」

「できないの」

雄は顔を上げた。

「主人がやめろって。誰《だれ》にも、何も知らせてはいけない、と」

「何をしてるんだ、あんたの旦那《だんな》は」

「何もしてません」

「………？」

静香は、視線を宙にすえていた。ひっそりと、抑揚のない口調でいった。

「主人は、今年七十二になります。私が結婚したときもそうでしたし、今も、何もしていません」

すぐには雄は答えなかった。手つかずだったビールに手をのばし、ひと口だけ飲んで唇を湿らせた。

やがて静香の方は見ずにいった。

「なるほど。人はいろいろ、だな」

「素晴らしいんです。心の底から大切に思っています」

「だったら、俺なんかに頼まないことさ。俺は何もない、ただの失業者だ。フーテンで、ただあちこちの国をボード一枚かついで流れ歩いてきただけなんだ」

「他に頼める人がいないんです」

静香は切迫した口調でいった。泣き出しそうになるのを、必死にこらえているようにも見えた。

「お願いです。お金も払います」

「金か」

雄は太い息を吐いた。

「そういや、金のことは考えていなかったな。幾ら？」

店先で売り物の値段を訊ねるような口調だった。

「百万、円、用意しました」

雄はちょっと笑うと、小首をかしげた。

「百万、か。俺の値段。高過ぎるな」

「………」

静香は雄の横顔を見つめた。真っ白な歯がこぼれていた。

「お釣りが出そう、さ」

雄は静香を振り返っていった。

「やっていただけます？」

「そうだな。貰《もら》い過ぎのような気もするけど、死んじゃえば、きまりの悪い思いしなくてすむものな。死ななけりゃ一応、仕事は果たせたことになる。いいかもしれない」

静香の顔が輝いた。大きなバラの花が開くような笑顔だった。

「ありがとう、ありがとうございます」

雄は照れたように首をふった。

「それほどいうこともないさ」

再びぶっきらぼうな口調に戻っていた。

2

鱏《えい》の形をした生き物の編隊が、ダークグリーンの背景の中を舞った。直線と曲線が、建物と、地平線を表わしている。

電子音と共に弾《はじ》き出された弾丸が鱏を粉砕した。生き物は、本当はそうではないことを示す、かん高い叫びを上げて画面の中で散った。

画面の中の鱏が体を旋回させると攻撃に移った。弾丸をかいくぐり、あべこべに爆撃を開始する。射手は、だが、戦闘機をうまく操縦すると、数匹残った鱏を皆殺しにした。

画面がゆっくりと変わり、宇宙空間になった。暗黒の中に、白い点の星が浮かび、その向こう側から鱏の一隊が襲いかかってくる。

コントローラーを操作する、黒い手の動きが少しだけ早まった。といって、戦闘機の動きが激しくなるというわけではなかった。

戦闘機は、常にぎりぎりのところで爆撃を回避しながら、鱏を撃ち落としていった。

「マービン！」

女の声が叫んだ。

「マービン!! 電話だよ」

黒い手がコントローラーを離れた。次の瞬間、戦闘機は轟音《ごうおん》を発して炎に包まれた。黒いタンクトップにブルージーンズ、スニーカーをはいた黒人が、ゲーム盤の前から立ち上がった。彼を呼んだのは、ゲームセンターの奥で、小さなスナックコーナーをやっている、太った黒人の女だった。つき出た胸と腹に、花柄のエプロンをかけ、右手にはフライパンがえしを持っている。女は左手を腰にあて、しようがないというように首を振った。

「まったく、あんたときたら、そいつを始めると、何んにも聞こえないし、何んにも見えないんだから……」

黒人は口もとに淡い微笑を浮かべた。目は眠たげに細められている。すまなそうに首を振っていった。

「御免よ、マミイ。すぐ夢中になってしまうんだ」

「まったく」

太った黒人女は、決して本気ではない目でマービンをにらむと、鉄板の上にかがみこんだ。お好み焼が焦げかけていた。

マービンは、所狭しとおかれたゲーム機の間をゆっくりと縫った。落ちついた、見ようによっては鈍重な動きだった。

壁かけの黒電話に歩みより、受話器をすくいあげる。

「マービンか」

かすかに訛《なまり》のある声がいった。

「そう」

「今夜九時に、『チョッパー』で会おう」

「わかった」

電話は切れた。マービンは、受話器をゆっくりとかけた。

「仕事かい」

鉄板の端にのっていた煙草の吸いさしをつまみ上げて、黒人女が訊ねた。

「ああ」

マービンはかすかに頷いた。目は、黒人女が積み上げた、アルミホイルの包みを見つめている。かすかな湯気がたち昇っていた。

「あんたのことだから大丈夫だとは思うけど、無茶はするんじゃないよ」

「ありがとう」

マービンは呟《つぶや》いた。お好み焼の包みから目を離し、黒人女を見た。

「ありがとう、マミイ。まるで本当のマミイみたいだよ」

「ハッハ！」

黒人女は照れ臭そうに笑った。

「あんたのお袋は日本人だろ、よしとくれ。第一、それじゃあんたは、あたしが十五で生んだときのガキになっちまう」

マービンは肩をすくめた。

「マミイってそんなに年寄りだったのかい、驚いたよ」

「こいつで尻《しり》をひっぱたくよ」

フライパンがえしを、黒人女はふり上げた。マービンは首を振った。

「勘弁してくれ。おケツがぬけちまうよ」

「だったら、さっさと行きな」

黒人女は、ゲームセンターの出口を指した。派手なネオンが交替で、薄ぎたない路地を照らし出している。

「その前に、ビールとお好み焼をもらっていくよ。昼すぎからかじりついてたんで、腹ぺこなんだ」

「馬鹿《ばか》だねえ」

黒人女は鉄板の内側、自分が尻をのせていたアイスボックスの蓋《ふた》を開いた。クアーズの缶を取り出し、アルミホイルの包みを添える。

「金はいらないよ。ここじゃアルコールは売っちゃいけないことになってるんだ。これはあたし用のビールさ」

「ありがとう、マミイ」

黒人は礼をくり返した。

「いいよ。それよりさ——」

黒人女はマービンの手に包みとビールを押しつけていった。

「あの、くそいまいましい機械で、どうやったら十万点取れるか教えておくれ、今度」

マービンは眉《まゆ》を片方上げた。口元に柔らかな笑みが宿った。

「いいよ、約束する」

「本当だよ、破ったら承知しないからね」

マービンは幾度も頷いた。そして、左手に缶ビールを、右手にアルミホイルの包みを持って、ゲームセンターを出て行った。

ゲームセンターを出たマービンは足早に歩き始めた。盛り場を行きかう人間たちから頭ひとつ分つき出た長身が、泳ぐように進む。

そして、その足が、路上駐車された黒塗りのRSターボの前で止まった。腰に吊《つ》るしたキイリングでドアロックを解き、するりと中にすべりこむ。

助手席に缶ビールとお好み焼をおいて、マービンはイグニションを回した。

直列四気筒のDOHCはさりげなく反応した。黒い左手が軽々とギアを動かし、RSターボはゆっくりと滑り出した。

伊勢佐木《いせざき》町を抜け、横浜公園ランプから首都高速に乗る。料金所を過ぎると、マービンは上り車線の中央をゆっくりと走り始めた。

左手でアルミホイルの包みをひきよせ、膝《ひざ》の間に缶ビールをはさむ。ハンドルを握ったまま、ひと口ビールを飲んだ。マービンの口元に静かな笑みが浮かんだ。

夢見心地のような表情で、マービンは車を東京に向けて走らせていった。

*

RSターボが止まったのは、防衛庁の裏手から赤坂に抜ける細い道だった。並んだマンションのひとつに、赤いネオンで"CHOPPER"という文字が浮かんでいる。マービンは車を降りると、舗道に寄せられたポリバケツのひとつにビールの空き缶とアルミホイルの屑《くず》を投げこんだ。

あっさりとガードレールをまたぎ、「チョッパー」の木の扉を押す。扉の内側に吊された鈴が涼しい音をたてた。

木のカウンターに黒い革張りのソファ、それだけの店だった。十人も入れば、いっぱいになってしまうだろう。

カウンターの内側と外側に、それぞれ男がひとりずついた。内側にいるのは、白いシャツにバタフライをつけた頭の薄い小男だった。外側には、麻のスーツに眼鏡をかけた白人がいた。白人は、マービンが入って来るのを目にすると、小男に軽く頷き立ち上がった。マービンとは目を合わせないようにして店を出ていく。

背後で扉が閉まると、マービンは肩をすくめた。小男は、カウンターの端のハネ戸をくぐり、ドアに閂《かんぬき》をかけると、ネオンのスイッチを切った。

「気にするな。奴《やつ》の親父とお袋は南部の出身でな。そのせいで黒人を前にすると、ニガーっていっちまいやしないか、自分で自分に怯《おび》えているのさ」

マービンは無言で頷いた。

「車、どこに駐《と》めた？」

小男は訊ねた。

「そこだ」

「じゃ早いとこやっちまおう。新しい麻布署長が初めて夜の六本木の渋滞を知ったとかで、最近は、やたら駐禁の摘発にアツいんだ」

「変わったんだな」

マービンはぽつりといった。

「ああ、あんたが六本木で店を張っていた頃《ころ》とはだいぶちがうぜ。会の連中もすっかり影をひそめている。カンパニーがあんたを使うために害虫駆除をやったせいもあるがな」

「御苦労なことだ」

「当節、腕のいいのはなかなかいないからな」

小男はニヤリと笑った。

「ましてや、大学出のラングレーは手を汚したがらないときている。会の連中といざこざを起こしたあんたは、うってつけだったわけさ」

「店がなくなり、車が変わった。私にはそれだけのことさ」

マービンは低い声でいった。

「あんたがそのつもりなら、それでいい。奴《やっこ》さんがいうには、あんたはときどき任務を逸脱して暴走することがあるそうだ」

小男は白人が出ていった扉を顎《あご》で指した。

「俺は仕方がないといってやったのさ。あんたは別に星条旗に忠誠を誓っているわけではないからな」

マービンは軽く頷いて、小男を見た。

「聞こう」

「わかった」

小男は素早く、厳しい表情に戻った。

「楓紀望《のりもち》という爺《じい》さんだ」

「日本人か」

「そうだ。本宅は成城だが、今は山中湖の別荘にいる。家族は若い女房がひとり、あとは通いの看護婦がいるだけだ」

「その男の年は」

「七十二」

マービンは首を振った。

「悪いが他の人間をあたってくれ。私にはできない」

「カンパニーには借りがある。ちがうか」

小男は冷たくいった。

「先が長くない年寄りを殺す気にはなれない」

「急いでいる。手段は問わない、ということだ」

マービンは小男を見つめた。

「女房がつき添っている。見られたら勿論《もちろん》、女房も殺せ」

「やっぱり気が進まないな。いつもとはちがいすぎる」

マービンはきっぱりといった。

「やるんだ。カンパニーは、お前の意見は気にしていない」

マービンがすっと立ち上がった。次の瞬間、マービンの両手が小男の体を宙に持ち上げていた。

「カンパニー、カンパニー、まるでカンパニーのスポークスマンだな。舌がなくなれば、もう少し話がわかるようになるかもしれん」

マービンは囁《ささや》くようにいった。小男は喉《のど》を絞め上げられ、足をばたつかせた。その顔色が赤から、ゆっくりと色を失っていくのをマービンは見つめていた。

小男が失神直前、マービンは手を離した。小男はソファの上ではね、ぜいぜいと音をたてた。喘《あえ》ぎ喘ぎ、いった。

「何を、しやがる」

「あんたのいった通り、私は星条旗に忠誠を誓っているわけではないということだ。どうして、今回はこんなに話を急がせる。それを聞こう」

「知らん。奴がそういったからだ」

小男は恐怖に顔をひきつらせて、かがみこんだマービンを仰いだ。

マービンの体が軽々とカウンターを飛びこえた。その目が探すものに気づいて、小男はソファからとび出した。慌てて扉に駆けよる。

だがマービンの方が早かった。左手にアイスピックを持ってカウンターを再び飛びこえ、小男の襟をつかまえた。そのまま、扉に押しつける。

「よせ、離してくれっ」

鼻孔にアイスピックの尖端《せんたん》が差しこまれ、小男は悲鳴を上げた。

「動くなよ」

マービンは囁いた。

「脳髄までつき抜けるぞ。鼻血が少し流れるだけで、終わりになる」

「た、頼む。勘弁してくれ」

「だったらいうんだ。なぜだ」

「いえば、俺が殺《や》られる」

マービンは一センチだけ、アイスピックを押し進めた。敏感な軟骨を尖端が貫き、男は悲鳴を上げた。

「わかった、いう、いうよ」

マービンはアイスピックを下げた。鼻血がゆっくりと小男の鼻孔から流れ出した。

小男は話し始めた。

3

白のルノー5《サンク》ターボが東名高速を走っていた。その助手席で、雄はシートを倒し目を閉じていた。眠っているわけではないことは、ハンドルを握る静香にもわかっていた。ただ口をきくのも、目を開けているのも億劫《おっくう》なだけなのだ。シートをめいっぱいうしろに引き、両腕を組んで横たわっている。

ときおり煙草を吸った。

「麗華がいってたわ。ひどく変わったんだって」

車が厚木を過ぎると、静香はいった。返事はなかった。

「日本に向いていないのじゃないかって」

「…………」

「行っていたのはハワイだけ？」

「いや」

「オーストラリアも？」

「ああ」

「グレートバリアリーフ行った？」

「ああ」

「最高のサーファーだったのですってね。『熱帯性低気圧を制した男』っていわれたんでしょ」

「運転に専念してくれないか」

静香は唇をかんだ。あらためて視線をフロントガラスの向こうにすえる。長距離便の大型トラックが走る、深夜の東名下り車線をルノー5は、機敏に動く昆虫のように走った。

リアシートにはあちこちが傷んだハンティングワールドのボストンがのっていた。六本木のカフェバーを出た後、雄が転がりこんでいる、麗華の青山アパートから取ってきたのだ。

「車の運転はできるの？」

「眠くなったのか？」

静香は答えずに、ルノー5を左側の路肩に寄せた。エンジンを止めると、大型トラックが行き過ぎる轟音《ごうおん》が、小さな車体を震わせた。

雄は頭だけを持ち上げて、静香を見た。

ハザードのタイムを刻むような音が、二人の間を流れた。雄はかすかに頷いた。

助手席を降り、運転席に回る。車内では静香が、するりとシートを移った。

運転席にすわると、雄はシートの位置をチェックした。軽くシフトノブに触れる。

ハンドルに手をのせた。

「いい感じだ」

うっそりと雄は呟いた。

「シートベルトをしておいてくれ」

雄がいうと、静香は無言で従った。雄の顔がひきしまった。顎の筋肉に力が入った。

アクセルを空吹かしした。吹けのよいエンジンが、瞬く間に回転計の針をはね上げた。

「御殿場までか？」

「そう」

「わかった」

雄はドアミラーをにらんだ。アクセルを踏み、回転レッドゾーン直前でクラッチをつなぐ。タイヤが悲鳴を上げた。弾き出されたような勢いでルノーは発進した。トラックとトラックのほんのわずかな車間に、つき刺さるように走り込む。くっきりと二条のブラックマークが路上に残された。

割りこんでおいてから、雄はウィンカーを出した。瞬発力の良さと脚回りが売り物の車だ。首を振ることもない。

トラックが怒り狂ったようにクラクションを鳴らし、ライトをアッパーにして距離を詰めてくる。

静香がわずかに緊張した面持ちで雄を見た。雄の表情が変わっていた。獰猛《どうもう》な猟犬のように目が輝いている。ルームミラーを見やり、閃《ひらめ》くように右手がギアを叩きこむ。

後続のトラックが再び怒りの叫びを上げた。前後のトラックとの車間は一メートル足らずしかない。万一、前のトラックがパニックブレーキでも踏もうなら、ルノーは簡単にスクラップになる。

雄がゆっくりと鼻から息を吐き出した。精神統一を終えた運動選手のようだった。

次の瞬間、ルノーは追い越し車線のわずかな裂け目に飛び出していた。後続のトラックが後を追おうとして尻を振った。ライトとクラクションの猛烈な抗議にあって断念する。

ターボチャージャーが働き、ルノーは軽々と前を走るステップバンに肉迫した。ステップバンが道を譲り、ルノーは再び加速した。

ときには走行車線のすきまをも使って、縫うように、車群をぶっちぎっていく。

都夫良野トンネルを過ぎると、あっという間だった。効果的なシフトダウンで速度を落とし、ルノーは御殿場インターの出路へと滑りこんだ。

「一三八号？」

料金所を過ぎると、雄が訊ねた。

「ええ」

吐息を洩らして、静香は頷いた。

ルノーは一瞬の後に、市街を駆け抜けていた。

山中湖、そして河口湖へとつづく国道を北上して行く。一般道に入ると、雄は巡航速度を落としていた。六十から七十キロで、決してそれ以上は出さない。

約二十キロの道のりを、二十分ちょうどで走った。

「旭《あさひ》ヶ丘を右に折れて」

山中湖にぶつかる交差点に近づくと、静香がいった。

ルノーは湖を左手に見るコースをとった。右側にはシャッターをおろした土産物屋、ドライブインがつづく。富士に背を向けている形になる。

「次の道を右に昇って」

雄は静香の指示に従ってルノーを操った。

宅地用に造成されたものの まだ建物の建っていない空き地や、濃い雑木林の中を、駆けぬける。ときおり左右に姿をあらわす、何軒かの別荘も、使用されている様子はなく、固く雨戸を閉ざしていた。

「そこのつきあたりを左」

ルノーは玉砂利をしかれた袋小路に車を乗り入れた。袋小路の右側、斜面からせり出すように、湖に向かって二階建の大きな家が建っている。

明りは門灯と水銀灯以外、すべて消えていた。雄はそれらを見てとると、ルノーの向きを変えた。玉砂利の駐車場には、もう一台、年代物のメルセデスが駐《と》まっている。

「お疲れさま」

イグニション・ライトを切ると、静香がいった。雄はすぐには答えず、煙草をくわえた。

「そっちこそ疲れたろう」

静香がライターを手渡した。暗い車内で炎がゆらめき、雄は静香と見合った。静香の額に、小さな汗の玉が浮かんでいた。

雄は使い終えたライターをさし出した。静香の右手がのびる。雄の掌がその手首を握った。

はっとしたように、静香が身を引こうとした。だが一瞬遅く、上半身だけが流れて、雄の腕に抱きすくめられていた。

雄は、すぐにはかぶさろうとせず静香の瞳を見つめた。静香は瞬きすると、男の目を見上げた。

雄の目にあった獣の輝きが、ゆっくりと薄れていくのを、静香は見てとった。

やがて静香がいった。

「ここにこうして、一晩中いるつもり？」

雄は首を振った。

「じゃあ、離して下さい」

「悪かった」

あっさりと雄は静香を解放した。二人は何事もなかったように、荷物を持って車を降りた。

砂利道から屋敷までは、斜面の庭をよこぎるような木の階段がつづいている。階段の両わきは、手入れのゆき届いた植え込みだった。

「主人はもう眠っていると思います」

先にたって階段を昇りながら静香がいった。雄は、水銀灯でほのかに照らし出された、静香のふくらはぎに目をやって頷いた。足首はほっそりとしてひきしまっている。その片方に、金のアンクレットが光っていた。

屋敷の正面右手に、頑丈な木製の扉があった。静香がバッグから出した鍵でそれを開いた。

「あなたの寝室は用意させてあります。こちらへ」

明りをつけた廊下を、静香は先に進んだ。廊下には厚いカーペットがしかれ、足音を吸収した。廊下の右手に、バスルーム、キッチン、ダイニングがつづき、左手に部屋の存在を示すドアが並んでいた。右手中央に、二階に昇る階段がある。

静香はつきあたりのドアの前で止まった。

「軽い食事と飲み物が、お部屋の冷蔵庫に用意してあります。詳しい話は、明日の朝、主人がします」

ドアを押し開き、静香は部屋の明りをつけた。

セミダブルのベッド、小さな冷蔵庫、ライティングデスク、一対のソファ——まるでホテルの部屋だった。

雄はベッドの上にボストンを放り出した。そのまま冷蔵庫へと向かう。冷蔵庫の中には、ミネラルウォーターのポリタンク、ビール、ウィスキー、コーラ、そしてサランラップに包まれたサンドイッチが用意されていた。

デッキシューズを脱ぎ、ミネラルウォーターのポリタンクとサンドイッチをつかんだ雄はベッドの上にあぐらをかいた。

「すわれよ」

戸口に立つ静香にソファを示した。静香は無言で従った。

「寝る前に幾つか訊《き》いておきたいことがあるんだ」

静香は小さく頷いた。ハンドバッグから煙草を取り出し、火をつける。目を軽く閉じ、深々と煙を吸いこんだ。

屋敷の中は静まりかえっていた。網戸をたてた窓からは、冷んやりとした夜気と虫の音が流れこんでくる。

「あんたの旦那だが、どうして狙《ねら》われているんだ」

「わかりません」

「旦那も理由を知らないのか」

「主人は知っていると思います」

「訊こうとは思わないのか」

静香は黙って灰を落とした。

「殺し屋からどうやって、旦那の命を守らせるつもりだ」

静香は立ち上がった。ライティングデスクのひき出しを開いた。中味には手を触れようとせず、雄の目に見えるように体を開いた。

雄は無言で頷いた。

「使い方は知っている筈だわ。麗華から、昔あなたがハワイのシューティングレンジでアルバイトをやっていたことを聞いている」

雄はデスクの中の拳銃から、静香の顔に視線を移して頷いた。

「ああ」

静香はひき出しを閉め、ソファに戻った。

「他には何かあるのか」

「主人が散弾銃とライフルを持っています。どちらも二階の主人の部屋に」

雄は顔をひきしめた。一瞬、目に輝きが戻った。

「明日、見せてもらう。それで、一晩、とはいつだ？」

「おそらく、明日の夜」

雄は肩をすくめた。

「あんたの旦那の名は?」

「楓紀望」

その名は、雄にとって何の意味も持たないようだった。黒く焼けた顔に変化は浮かばなかった。

「そうか」

雄はミネラルウォーターをポリタンクからラッパ飲みした。

「訊いてもいい?」

「………」

「どうしてひき受けたの」

「気が向いた」

「麗華があなたを好きなのがわかったから?」

雄はサンドイッチの包みを開いた。答えようとせず、食べ始めた。

「どうして、プロサーファーをやめたの?」

「気が向かなくなったからだ」

素っ気なく答えた。

静香はしばらく、無言で、雄の食べる姿を見守っていた。やがてぽつりと訊ねた。

「おいしい？」

「私が作ったの。出かける前に」

「ああ」

雄は最後のひと切れを口に押しこむと、ポリタンクの水を飲み下した。

静香はソファから立ち上がった。ベッドに歩みよると右手をのばした。

雄の、水を飲み下す動きが止まった。静香の指が、左腕の傷痕に触れていた。

「この傷のせいで、サーフィンをやめたの？」

雄の目に怒りが煌《きらめ》いた。ポリタンクをおろし、静香の陰になった顔を見上げた。

「おやすみ」

雄が低い声でいった。静香の面に傷つけられた表情がさっと浮かんだ。

静香が身をひるがえし、部屋を出ていった。雄は、その残り香を嗅《か》ぎ、目を閉じていた。

やがて太い息を吐き、ボストンを枕《まくら》に横たわった。

4

二人の黒人が、夜の街を見おろす豪華なフラットに立っていた。星条旗を壁に飾った部屋には厚くカーペットがしきつめられ、正面には巨大なデスクとレザーの椅子《いす》が陣どっている。壁ぎわには木製の書架と、小さなバーカウンターがあった。部屋の中央には、大きな応接セットがすえられている。デスクには色を塗りわけられた三本の電話があった。

　二人の黒人は、肌の色こそ似ているものの、いでたちはまったくちがっていた。一人は、高級な仕立てのサックスブルーのスーツに麻のシャツを着け、涼しげなタイをウインザーノットで結んでいる。彼がフラットの持主であることは、誰の目にも明らかだった。

　もう一人はマービン、白いTシャツに、黒のレザーパンツという姿だった。

「わかった」

　スーツを着た黒人は英語でいった。

「『チョッパー』の方は始末させよう」

　マービンは無言で肩をすくめた。二人とも片手にグラスを持っていたが、スーツの方がオンザロックなのに比べ、マービンのグラスにはビールが残っていた。

「どうして知らせてくれたのだ」

　スーツの黒人が、眼下の夜景からマービンに目を移して訊ねた。

「殺人罪で追いかけ回されたくないからね」

　マービンは答えた。微笑する。

「それに、彼は黒人が、あまり好きではないようだ。有色人種はすべて」

「その傾向は、だいぶ前からわかっていた。そして、私との支局長争いに敗れたときからひどくなったようだ」

「厄介なことだな」

　スーツの黒人はかすかに頷いた。

「まずいことに、彼に同調する人間が何人かいる。いわば派閥というわけだ」

「どうということはないさ。頭を失えば分解するだろう。ギャングも情報局も、同じだ」

「現場というのは面白い」

　スーツの黒人はそれに応じず、再び窓をのぞきこんだ。

「ロシアの連中とやりあっていても、毎日顔をつきあわせているうちに、妙な親近感を抱くようになる。同じ言葉を話し、同じマットの上に立っているからだ。すると、白い顔のコミュニストの方が、黒い顔の同僚より信頼に値する気分になってくるものらしい」

　マービンは答えず、グラスのビールを飲み干した。断わりもせず、新たなビールをホームバーのクーラーから取り出し、缶のまま手にした。

「派閥の誰かがそれに走ったとしても、私にはわからない。気がつくと、リークだ。私の立場は木端微塵《みじん》になる。ワシントンの連中が爪《つめ》をといで、私の帰国を待つというわけだ。連中はいうだろう。『だから、黒人なんかを重要なポストにつけるものじゃない』

マービンは夢見心地のような表情で耳を傾けていた。

「あの老人をきれいにするのは、出世する彼にとって絶対に必要なことだ。長年の協力者として、彼の弱みをすべて握っているからな」

「私が降りたので、自分の部下にやらせると？」

マービンは訊ねた。スーツの黒人は頷いた。

「実際、老人は知りすぎている。だが、秘密を墓場にまで持っていきたがる日本人の習慣は、彼には理解できない」

「あんたはどうなんだ？」

マービンは訊ねた。

「そう。同じ有色でも、私にも理解できない。君ならできるかね」

「半分だけ」

マービンはいった。スーツの黒人は微笑した。

「母親の血のぶんだけ、か」

「かもしれない」

「君は変わっている」

スーツの黒人はいって、デスクの上のファイルをさした。

「汚ない仕事を専門にこなしてきた。手ぎわよく、無駄がない。その経過を見る限り、完璧《かんぺき》なプロだ。だが、ときおり、そのフィロソフィがストライキを起こす。以前、君がいた組織がそうだった。何といった、そう――」

「ヘリック、ヘリック中佐」

マービンは無表情でいった。

「そうだ。深夜のヨコスカで、四十五をぶちこまれて見つかった将校だ。我々も内偵を始めた矢先だった。大がかりな人身売買のグループのヘッドだったのだ。その後、ヘリックが日本人と黒人の混血少女を売りとばそうとしていたことがわかり、彼女の身許を調べると、ロッポンギのジャズクラブのシンガーだった」

「……………」

「そのジャズクラブのオーナーの陰の顔が、グループの殺し屋だということは前々からわかっていた。

将校の死体が見つかった翌日、今度は麻布のレストランで死体が三つだ。うち二人は男性、一人は日本人の若い娘。娘は、男たちに輪姦《りんかん》された上に殺されていた。男たちの片方はチンピラで、もうひとりはヘリックの片腕だった。誰が殺《や》ったか――現場には、君のものと同じ血液型の血痕《けっこん》があった。我々はそれを調べ出すと、君の行方を追う一方、日本の警察にプレッシャーをかけた。君のような人材が必要だったからだ……」

「手に入れたわけだ」

マービンはひっそりといった。

「その通りだ」

黒人は頷いた。

「君は我々のために働くようになった。申し分のない成績だよ」

マービンは無関心な視線を黒人に向けた。まるで、他人の話を聞いているかのような態度だった。

「さて……」

黒人はグラスの中のスコッチウィスキーをすすった。

「日本人の血を信じるか、アメリカの合理性を信じるか。老人が生き残り、よけいなことを喋《しゃべ》れば、ワシントンに頭の皮をはがされるのは、私も同様だ」

「やってみるといい、快感かもしれん」

マービンは冷ややかにいった。

「そうはいかない」

黒人は首を振った。

「彼の失脚が、彼だけのものですめば、私にはどうということはない。だが、老人が喋れば、被害はそれだけに留まらないだろう。きれいにするならば、すべてがそうなったことを確信するまで、手をこまねいているわけにはゆかないのだ」

「難しい話だ」

「簡単だよ」

黒人は、窓から向き直った。

「日本人は恩義を大事にする。君にヤマナカ湖のパーティに加わってもらえばすむことだ」

＊

マービンのRSターボが、そのビルの地下駐車場から上がってくると、二台の別の車がゆっくりと駐車位置を動き出した。

ビルは、赤坂見附に近い、高層ホテルのそばにあった。RSターボは立体交差をくぐり、二四六号に合流した。疾走するタクシーの列の中にあって、RSターボは勢い、目立つものとなった。

マービンはルームミラーを見やり、淡い微笑を浮かべた。

あのフラットを彼が訪れたことを知らせる者がいたのだ。同じ組織に属する人間たちなのだ。わからない方がどうかしているだろう。

ルームミラーの中で、ヘッドライトの群れは、どれがその車なのか、ちがいを感じさせなかった。わかっているのは、尾行してくる人間たちに対して、マービンが隙《すき》を見せたら最後、身許《みもと》不明の黒人の死体ができあがるということだけだ。

マービンの顔から微笑が消えた。RSターボが群れから弾きとばされたような加速を示した。

青山三丁目の交差点は、信号が右折から赤に変わろうとしていた。RSターボは、大外から回りこんだ。急激なシフトダウンエンジンが咆哮《ほうこう》を上げ、タイヤが絶叫した。RSターボが千駄ヶ谷の方角に向けて下り始めた頃《ころ》、怒声とクラクションが交差点に渦まいていた。

RSターボは、仙寿院の交差点を左に折れた。原宿に向かって、人通りの少ない道を走り始める。

交差点ひとつで片がつくとは、マービンは考えていなかった。

明治通りに入ると、今度は渋谷に向かった。宮下公園のガードをくぐり、道玄坂に入ると、ややこしい一方通行を使って、尾行車の存在を確かめた。かつてこのあたりに、マービンがいた組織のアジトのひとつがあり、彼は地理を熟知していた。

マービンは、やがて道玄坂をぬけ、再び二四六号と合流する南平台の方角に向かった。道玄坂上でマービンの車は、巨大なマンションの駐車場に乗り入れた。駐車場は、マンションの建物をはさみ、国道の反対側にあたる。

駐車場に乗り入れた瞬間から、マービンはヘッドライトを消していた。駐車場の空きスペースに車体をつっこみ、運転席をとび出した。シートをかけられた二台の車をまわりこむと、出入口に近い三台目の陰に身を潜める。

ほとんど間をおかず、白塗りのクラウンが進入してきた。二人の男が乗っている。

クラウンは、RSターボの退路を塞《ふさ》ぐように急停止した。ドアが開き、それを盾《たて》にするように銃口がつき出た。

二人とも大柄な白人だった。運転席側の白人がかがんだまま、助手席の相棒に合図を送った。助手席の白人は頷いて、扉の陰から飛び出した。サイレンサーを装着したS&Wの九ミリオートマチックを手にしている。

車の陰で、マービンの口元に白い歯が光った。レザーパンツのヒップポケットに手がのびると、十五センチほどのスウィッチナイフをひきぬく。

マービンはその長身からは想像もできぬほど、素早く、そして物静かな身ごなしで動いた。

駐められた車を盾に、クラウンの後ろに回りこむ。白人は二人とも、マービンのRSターボに気をとられていた。

マービンは車の背後を出ると、ゆっくりと忍び寄った。クラウンのドアを盾にした白人の背に五メートルの距離まで肉迫すると、スウィッチナイフが音をたてた。

白人が振りかえる暇を与えず、刃先がすべり出たナイフを放った。白人の左肩甲骨の下にナイフは吸いこまれた。次の瞬間、マービンは白人の死体にスライディングした。死体の右手ごと拳銃を包みこみ、振り向いた片割れに銃弾を浴びせる。

鈍い破裂音が三度轟《とどろ》き、RSターボに歩みよっていた白人は、その黒い車体に身を打ちつけた。

マービンは素早く銃を腰にはさみ、最初の死体からナイフを抜きとった。死体の腕をつかんでひきずると、シートをかけられた車の下に押しこむ。射殺した方も、銃をとり上げ、同様に隠した。

クラウンをバックさせ、マービンはRSターボに乗りこんだ。RSターボをUターンさせ、駐車場の出入口の死角まで進めた。

マービンは再び車を降りた。マンションの裏の出入口に走り、ロビーへとぬける。非常階段を使い、マービンは二階へと昇った。二階の廊下は、二四六号に面している。マービンの頭上を、首都高速が走っていた。

二階の廊下は、胸までの柵《さく》がついた吹きぬけの形をしていた。マービンはそこから身をのり出し、下をのぞいた。

タクシーの空車が一台、回送の札を立てて、駐車場の出入口に止まっていた。運転席にすわった運転手が、無線のマイクをつかんで話している。

マービンの頬に笑みのかけらがのぞいた。

運転手は通話を終えると、マイクを戻し、グローブコンパートメントを開いた。中から取り出したのは、マービンが奪ったのと同じタイプのサイレンサーつきの拳銃だった。

運転手はそれを膝におき、駐車場の出入口を注視している。

マービンは拳銃を抜き、素早く頭上を見上げた。廊下の照明は、天井についた蛍光灯が役割を担っている。マービンはひょいと爪先《つまさき》立ちすると、むき出しの蛍光灯を半回転させた。

明りが消え、マービンの立つ辺りだけが闇《やみ》に沈んだ。マービンは柵の上に拳銃を握った右手をのせた。

破裂音が一度だけ響いた。首都高速から降ってくる轟音がかき消す。運転手が、がっくりとシートのフロントグラスの上部に真っ白い曇りが生じた。運転手が、がっくりとシートに首を預けた。ずるずると横倒しになる。

マービンはそれを見届けると、廊下を離れた。階段を降り、駐車場に出て、RSターボに乗りこむ。

死体が乗ったタクシーのかたわらを過ぎると、マービンは二四六号に合流した。一キロほど走ったところで、マービンはRSターボを止めた。公衆電話を見つけたのだ。

死体の始末を、フラットの黒人に頼むつもりだった。

5

「若いな。幾つかね」

楓紀望はティカップをおろして訊ねた。

「二十五」

むっつりと雄は答えた。

午前十時、屋敷の一階にある、広大なダイニングルームで、雄と老人は向かいあっていた。

楓紀望は白髪をオールバックにまとめた、鶴《つる》のように痩《や》せた老人だった。七十二という年齢に比しては若く見える。が、腕や手の甲には老いを語る染《し》みが浮きでていた。

老人の容貌《ようぼう》は、生命を狙われるような類の人間には見えぬほど、知的で穏和だった。眼元には豊かな笑い皺《じわ》が寄っている。五十も年下の妻をもらうよりは、その年の孫と戯れる好々爺《こうこうや》の役割りの方が似あっているようだ。

静香の給仕で、ふたりはアメリカンスタイルの遅い朝食をすませたところだった。食後に、老人は濃い紅茶を好み、雄は薄いコーヒーを好んだ。

「少しだけ静香から聞いた。君はあちこち外国を放浪したそうだな」

顔立ちに似合わず、老人の口調にはつきはなしたものがあった。

雄はコーヒーカップを受け皿に戻すと、真っ向から老人を見つめた。

「その話はしたくない」

老人はかすかに頷いた。

「良いだろう」

右手を動かした。静香がシガリロとライターを手渡した。老人は火をつけ二服ほどすると、激しく咳《せき》こんだ。クリスタルの灰皿にシガリロを押しつけ、ねじり消す。

静香がその背をさすった。彼女は、二人の会話にひと言も言葉をさしはさもうとしない。

老人は最後の咳で痰《たん》を切った。再び右手を動かす。静香が躊躇《ちゅうちょ》した。老人は苛立《いらだ》たしげに右手を動かした。

静香が再び、シガリロとライターを渡した。今度は、老人は咳こまなかった。

「身寄りはいるのかね」

「自分ではいないと思っている」

老人は再び頷いた。

「私の話を聞きたいかね？」

「どうでもいい。あんたが話したければ聞こう。俺にとっちゃ、どうせ今夜ひと晩のことだ」

老人は薄い唇を割った。笑顔は、むしろ老人の顔を冷酷なものに変えた。

「よかろう。話しておこう。君のような若者は、戦争前には日本にもたくさんおった。今は少なくなった。今は、行動より理屈を好みたがる者ばかりだ」

「…………」

雄はハイライトに火をつけた。卓上に新たな箱が用意されていた。

「ある結社を私は代表していた。君らの目から見れば、右翼と呼ばれる団体だ。今は関係しておらん。その頃のことが理由で、命を狙われておる。知らせてくれた人物がいた」

「どうして、あんたの団体の連中に護衛を頼まない？」

雄は無表情で訊ねた。

「知らせてくれた人物には、立場がある。私が人を動かせば、それは公に知られることとなり、その人物の立場をなくすものとなってしまうのだ」

「あんたの命を狙っているのは、やくざか何かか」

老人は再び笑みを浮かべた。それは嘲笑《ちょうしょう》のようだった。

「そうではない。やくざならば、私にはどうとでもなる」

雄は眉《まゆ》を吊り上げた。が、すぐには何もいわなかった。

「……知らせてくれた人物は、あんたを守っちゃくれないのだな」

老人は雄から視線を外した。あけはなったテラスの窓から山中湖を眺めた。上半分を雲におおわれた富士がその向こう側に見えた。

「国益に反することになる」

雄が笑った。

「ずいぶんでかい話だな」

「そうだ。人ひとりの命など、どうでも良いほどのな」

「向こうにとってもそうなのか」

「いや」

老人は苦い笑みを今度は浮かべた。

「とるに足らん、つまらぬ猜疑心《さいぎしん》だ。だが力の差だな。その猜疑心ひとつに逆らえぬというわけだ」

雄は瞬きして老人を見つめた。静香が新たなコーヒーをカップに注いだ。

やがて訊ねた。

「あんたを殺しに来るのは、その道のプロかい？」

「多分の」

雄は頷き、独り言のようにいった。

「じゃあ、覚悟しておいた方がいいな」

＊

RSターボは旭ヶ丘の交差点に駐まっていた。富士の稜線《りょうせん》が夕闇に呑《の》まれ、雲の濃い影と夜の闇との区別がつきづらくなっている。

湖面には小波がたっていた。

ウィンドサーフィンに興じていた若者たちが帰り仕度を始めるのを、マービンはひっそりと見守っていた。

助手席には、アルミホイルの冷えた包みと、ぬるまった缶コーヒーがあった。どちらも手をつけられてはいない。

黒人は、そうして時間を過ごすのをまったく苦痛に感じてはいないようだった。ときおり夢見心地の表情で、魅せられたように、山と湖を見つめていた。

かたわらを、何台もの車が通過し、その乗客の何人かが、運転席に彼の姿を認めても、一向に無頓着だった。

やがて夜がすっぽりと湖を包みこんだ。

午後八時になるとようやくマービンは動いた。ダッシュボードから地図を出し、ルームランプの灯りでじっくりと見つめた。アルミホイルの包みに手をのばし、ひと口ひと口を味わうように〝マミイ〟のこしらえたお好み焼を食べた。

最後に缶コーヒーを飲んだ。

マービンのいでたちは昨夜とたいして変わっていなかった。白のTシャツが黒のタンクトップにかわっただけだ。後部席に、パンツと対のレザージャケットが放り出されていた。

午後九時、何台かのキャンピングカーがRSターボの前を通過した。そのキャンピングカーが一三八号をまっすぐに北上していくのを見送ると、マービンはイグニションキイに手をのばした。

RSターボはゆっくりと山中湖を一周した。やがて、楓紀望の別荘の建つ区画の三百メートル手前まで来ると停止した。

マービンはそこでRSターボを降りた。レザージャケットを着こんでいる。そこに佇《たたず》み、しばらく耳をすました。

何の物音も聞こえなかった。マービンは微笑すると、下生えを踏み荒さぬように注意しながら、雑木林の中に入りこんでいった。

彼の後ろ姿は闇に呑まれ、区別のつかぬものとなった。

＊

楓紀望の別荘には明りが煌々《こうこう》とついていた。庭園を照らす水銀灯も、門灯もすべてが明りを点し、できうる限り、屋敷の周辺から闇を追い払っている。

建物の中で、唯一、闇に沈む、二階の屋根に、雄は腹這《はらば》いになっていた。

ベルトの背にあたる部分に、静香から見せられた拳銃、ニューナンブM60回転式が差しこまれている。右手には十二番径上下二連散弾銃をつかんでいた。

濃紺のポロシャツにジーンズ、濃紺のリバーシブルのスイングトップといういでたちで、スイングトップのポケットは十二番、二・七五インチのショットシェルでふくらんでいた。

老人は三〇八口径のライフルも持っていた。その銃は夫妻のいる寝室におかれている筈だ。

雄は、左手で木目の入ったショットガンの銃床に触れた。掌がかすかに汗ばんでいた。ポロシャツの上にスイングトップを着ていても、日が落ちてしまえば暑さを感じることはなかった。

雄の位置からは、黒い鏡のような湖がよく見えた。富士山はまったく見えない。

それより少し視線を下げれば、別荘の建つブロックに侵入して来る車はすべて見える。別荘の背後は急斜面だった。ロープを木々の間にさし渡さぬ限り、降りてくることはできない。

屋根は、屋内からの視線をよくするために、やや背面に傾斜する形で作られている。雨樋《あまどい》と中央部にだけ張り出した庇《ひさし》をのぞけば、庭園までの視界を遮るものはない。

雄は左手をかたわらのスポーツドリンクチューブにのばした。中には、静香が淹《い》れた濃い紅茶が入っている。喉ではなく、口が渇くのだ。小鳥のように幾度も、雄はストローで紅茶を吸い上げていた。

チューブを戻すと、雄は再び目を凝らした。何も変わったものは見えない。

雄はぎゅっと目を閉じ、開いた。スプーキーの轟音が耳によみがえったのだった。巨大な波に翻弄《ほんろう》され、岩場に叩きつけられる自分の姿を、映画のスクリーンで見るように思い浮かべていた。

額にだけ、じっとり汗が浮かんだ。

雄は歯をくいしばった。目を瞠《みひら》いて、雑木林と、それを縫う小路をにらんでいた。

轟音が遠ざかった。虫の音が耳に帰ってきた。

雄は長い息を吐き、ダイバーズウォッチを見やった。いつのまにか真夜中を過ぎていた。午前二時、これから明け方にかけて、襲撃には絶好の時間だ。

車の走行音に、雄は目を上げた。大きな車がヘッドライトをつけて、別荘地を縫う道を走っていた。キャンピングカーのようだった。まっすぐにこちらに向かって来ている。
雄は腹這いになったままデッキシューズの爪先を立て、屋根をトントンと蹴った。中にいる楓夫妻には聞こえた筈だ。

＊

マービンは別荘の背後にあたる斜面の上の雑木林にいた。険しい角度で斜面は下っている。途中から雑木林は切れ、草むらになっていた。

降りていけば、小石や土くれを落とすことになるだろう。

別荘の周辺を見おろしたマービンの目に、屋根の上に腹ばいになった若者の姿がうつった。

まだ若い。若者はスポーツドリンクのチューブをひきよせたところだった。

闇の中に、マービンの白い歯が浮かんだ。

マービンはそこにしゃがみこみ、S&Wのオートマチックを抜いた。第一弾は薬室に送りこまれ、ハンマーはハーフコックの状態になっている。

しばらくすると、キャンピングカーが走って来るのが、マービンの目にも入った。

マービンは目を細め、どんどんと大きくなる光芒《こうぼう》を眺めた。光は、雑木林の間を見え隠れしながらも、確実に近づいてくる。

若者がそちらに注意を惹《ひ》きつけられ、屋根ごしに合図を送るのも、マービンは見てとった。

次の瞬間、マービンの姿は、もと来た雑木林の中へと消えていた。

キャンピングカーは、二軒ほど手前の別荘の前で停止した。雄の位置からはよく見える場所だった。

＊

ドアが開き、何人かの男女が降りたった。

全部で四人——雄はその人数を数えた。男ふたりに女ふたり。

四人は手分けして、キャンピングカーの中から荷物をおろしにかかったようだった。

男ふたりが車内に入り、幾つものトランクやケースを、外側の女たちに手渡す。四人とも、ジーンズやショートパンツというラフなスタイルだ。

雄はゆっくりと息を吐いた。襲撃者ではないらしい。

開け放ったキャンピングカーの車内から、〝ファイア・インク〟の演奏が大きなボリュームで流れていた。あたり一帯に人がいればまちがいなく苦情が出るほどのサウンドだ。

雄の位置からは、キャンピングカーの、明りのついた車内も幾ぶん見てとれた。

女のひとりが車内に入り、後ろで束ねていた髪をふり落とした。

流れるような金髪が光った。

6

マービンは別荘の正面から見て、右手の雑木林を駆け降りていた。雑木林が切れる直前で立ち止まる。

十メートルほどの、地面がむき出しの斜面があり、その下が別荘の前の砂利道だった。マービンは袋小路の奥を見やった。濃く雑草がしげった空き地が一段高いところに広がっている。空き地は、別荘の前庭と境界を接するところまで広がっていた。

マービンは首をねじり、別荘の屋根を見上げた。彼の位置からは、若者の姿は見えない。昇り坂の手前の家の前で止まったキャンピングカーも同様だった。ただ、「ストリート・オブ・ファイア」のオープニングソングだけは聞こえてくる。

マービンは再びしゃがみこんだ。木陰に身を隠し、S&Wを二挺《ちょう》とも抜いた。がっしりとした両手から、サイレンサーを装着した銃身がのぞいた。

マービンの眼の白い部分だけが光った。彼は浅く息を吐き、唇を一度だけなめた。彼の黒い肌には、一粒の汗も浮かんでいなかった。

音楽が不意に大きくなった。女の嬌声《きょうせい》が上がった。ヴォリュームは限界いっぱいにまでひきあげられているようだ。

＊

雄はあたりを見回し、もう一度、キャンピングカーに視線を戻した。金髪女の顔は、雄からは見えない。キャンピングカーの内部の人物たちに向けて腰を振ってみせる姿が目に入った。もうひとりの女は日本人のようだった。荷物をとく仕草に余念がない。金髪は、ドラッグでもやっているようだ。

車内の男たちの姿は見えない。

サウンドのボリュームを金髪が上げた。

雄は溜《た》め息をついた。低い物音は、音楽で完全にかき消される。騒ぐのなら、キャンプ場に行けばよいのだ――。

雄は目を瞠いた。キャンピングカーが別荘地帯に入って来ること自体おかしい。雄ははっとして散弾銃をひきよせた瞬間だった。不意に、庭園灯の光の向こう側から、黒い車体が現われた。ツヤ消しの黒に塗られた、ランドクルーザーだった。空き地を抜け、段差を超越して、別荘の前庭につっこんで来た。ランドクルーザーは植え込みを乗りこえた。

雄は膝をつき、ショットガンをもたげた。

いきなり、庇《ひさし》が吹き飛んだ。雄は一回転して、反対側に倒れこんだ。サブマシンガンで反対側の方角から狙われたのだ。

やみくもに、その方角に向け、雄はショットガンのトリガーを絞った。下段の銃口が散弾を撃ち出した。その弾が雑木林の葉を散らす以外には、何の役にも立たぬことを、雄は知っていた。

＊

サイレンサーを装着したH&K・MP5を下げた二人の白人が砂利道に飛び出したのは、ランドクルーザーが別荘の前庭に侵入した直後だった。片方はジーンズ、片方はショートパンツをはいている。

ジーンズが庭に昇る木の階段に片脚をかけながら、上方に向けてMP5を発射するのをマービンは見てとった。若者の、のぞいていた上半身が消え、ショットガンの銃声が、下から聞こえてくるサウンドを吹きとばした。

ショートパンツが、ジーンズと背中合わせに後方掩護《えんご》をしていた。ジーンズが別荘の正面に向けて、MP5を滅茶苦茶に撃ちこんだ。マガジンが空《から》になると、ショートパンツがわずかの猶予もなく撃ちまくる。その間に相棒がマガジンを入れ換える。

二人の連射が終わると、別荘の正面は蜂《はち》の巣だった。ガラスはすべて砕け、軒も庇も粉々に吹きとんでいる。

ランドクルーザーのドアが開いた。MP5を下げた戦闘服の男たちが、ブーツの踵《かかと》でテラスに残ったガラスを蹴り砕く。そこから別荘内に侵入しようというのだった。あとから入ろうとした戦闘服の男が両手を広げて吹っとんだ。

不意にショットガンの銃声が、別荘の右斜面から轟いた。初めの男は中に入りこんでいた。

雄がショットガンの銃口を屋内に向け直したときには、マービンは雑木林から斜面に躍り出ていた。

階段の二人が雄の銃声を聞いた瞬間、マービンは雑木林から斜面に躍り出ていた。MP5の銃口が雄をとらえる暇を与えず、両手のS&Wを同時に発射した。

マービンの弾丸は、二人の白人を撃ち倒した。二人は折り重なるように植え込みの中へ倒れこんだ。

向き直った雄に、マービンは日本語で叫んだ。

「早く中へ、爺さんを助けろ！」

叫び終えた瞬間、マービンは右肩を熱がつきぬけるのを感じて斜面を転がり落ちた。

砂利道に、サイレンサーつきの二十二口径を持った金髪女が上がっていた。その女の放った弾丸がマービンの右肩に命中したのだ。

両手の銃がとび、マービンは左手で転がり落ちるのを止めようとした。だができなかった。左脚にも弾丸をくらっていたのだ。

マービンの体は、斜面を回転しながら落ちると、二メートルほどの落差をとんで、砂利道にほうり出された。

マービンは着地した瞬間、呻いた。目の前に、金髪女の白い脚があった。彼は、女の膝元に転がり落ちたのだった。マービンは体を丸めて衝撃を柔らげることも忘れ、左腕を払った。

拳が女の膝裏に当たった。崩れるように倒れこんでくる。女が反射的に拳銃を発射した。弾丸は砂利道につき刺さり、小石をはねた。

マービンは獣じみた唸《うな》り声を上げた。女の体にのしかかり、金髪をつかむ。それがすっぽりとぬけた。

カツラだった。女ではなく、体格の華奢《きやしや》な男だったのだ。カツラを投げ、マービンは左の拳で、男の顔を殴りつけた。右肩は、まったく使い物にならなかった。

男が反撃した。右手の指を曲げて、マービンの目を狙ってきた。マービンは顔をそらし、殴りつづけた。三発目は、目と目の間を狙った。男の力が弱まった。

マービンは左腕を、男の顎にかけた。渾身《こんしん》の力をこめて、その顎をひき上げながら捻《ひね》った。鈍い音がして、男の動きが止まった。

マービンは荒い息をつきながら立ち上がった。キャンピングカーが猛速度で小路を昇ってこようとしている。

＊

雄は一瞬の間だけ、自分を救った黒人の姿を見つめた。まったく見覚えのない顔だった。だがすぐにショットガンを拳銃と持ちかえ、屋内に走りこんだ。

雄がとびこんだのは、一階の、玄関のすぐわきの部屋だった。戦闘服の男は、ひとつおいた向こうの部屋のテラスから侵入していた。

雄はドアを引くと、廊下に転がり出た。MP5が銃弾をばらまいた。雄の勢いが幸いした。雄は、廊下をつきぬけて、ダイニングまで転がりこんだ。

雄はテーブルの陰にとびこんだ。九ミリの弾丸が木の壁ごしに、ダイニング中に撃ちこまれた。弾丸は、食器棚を、ホームバーを、並んだボトルやグラスを粉砕した。

攻撃が止んだ。

ブーツの重い足音が、厚いカーペットにあっても響いた。二階に上がる階段に駆けよろうとしているのだ。

雄はニューナンブを両手で握りしめていた。目を瞠き、喉の奥から言葉にならぬ叫びを上げると、ダイニングをとび出した。

廊下に出た瞬間、ニューナンブのトリガーを絞った。

全弾、撃ち尽したあとで、廊下に誰もいないことに雄は気づいた。戦闘服は、階段を昇っていた。

階段のふもとまで、雄は考えもなくつっ走った。手すりにつきあたると、ニューナンブをもたげた。戦闘服の後ろ姿が見えた。

カチリ、という乾いた音がした。カチリ、カチリ、とシリンダーが回るだけで銃弾は発射されなかった。

戦闘服が振り返った。目と鼻をのぞき、すっぽりと穴のあいた頭巾《ずきん》で顔をおおっている。その目に眼鏡がはまっていることに雄は気づいた。

眼鏡の男は、雄の銃が空であることを知ったようだった。英語で何事か呟くと、MP5を右手で構えた。ゆっくりと銃口を擬す。

ライフルの発射音が二階の奥で轟いた。頭巾が吹きとび、額の半分を失った戦闘服の男がよろめいた。そうなりながらも、眼鏡は、男の顔を落ちなかった。頭巾の下から白人の顔がのぞいた。

ゆらりと蠢《うごめ》くと、白人は階段を真っ逆さまに落ちてきた。雄の膝に死体がぶつかり、雄は尻もちをついた。

階段の上にライフルを持った楓紀望が現われ、雄を見おろした。

「怪我《けが》はないか？」

雄が答えようとしたとき、MP5の発射音が前庭で轟いた。老人は、ライフルを構え直した。クラクションが鳴り出した。

雄は首を振っていった。

「俺を……助けてくれた、黒、黒人がいたんだ」

老人は不審げに、雄を見つめた。

「本当か」

雄は頷いた。

「あっという間だった。闇の中からとび出してきて、殺し屋を二人、やっつけた」

「誰だ……」

老人は呟いた。

雄は身を起こし、死体のMP5を取り上げた。クラクションは、前庭の方角で鳴りつづいていた。

「見てくる」

雄はいい捨てると、老人の制止を聞かず、テラスへと出た。

キャンピングカーが砂利道の半ばまで進入し、ルノー5と鼻面をつきあわせた形で止まっていた。フロントガラスが砕け、黒い髪の死体がハンドルにおおいかぶさっている。

砂利道には、痩せた男の死体も新たに転がっていた。だが、雄を助けた黒人の姿はどこにもなかった。雄はもう一度、見回した。

死体が四つ。それだけだ。

雄はキャンピングカーに走りより、運転席の死体をおこした。クラクションが止む。

長髪の、日本人の男だ。黒人ではない。

「その男はどこだ?」

雄がキャンピングカーを降りてくると、老人がテラスのところに立ち、訊ねた。

雄は首を振った。

「いない。消えちまった」

老人は眉をひそめた。

雄はMP5をかたわらにおき、木の階段にすわりこんだ。死体がふたつそこに転がっていることも気にならなかった。

雄はポロシャツのポケットを探った。よれよれになったハイライトの袋があった。

「どこに行ったというんだ」

老人が雄の横まで降りてきて訊ねた。まだライフルを抱え、不審そうにあたりを見回していた。

「さあな……」

雄は呟いて、小さな笑みを浮かべた。

「おおかた、闇の国だろ。パーティが終わったから……帰ったのさ」

それきり、夜の奥を見つめたまま、身じろぎもしなくなった。

解説

井家上隆幸（作家）

八三年夏から八九年秋にかけて発表した五つの短編をまとめ、一九八五年度日本冒険小説大賞短編賞を受賞した『深夜曲馬団《ミッドナイト・サーカス》』（初出・光風社出版、85・7・20）は、大沢在昌という作家と『新宿鮫《ざめ》』シリーズで出会った読者には、一瞬「おやッ?!」と思われるような作品であるかもしれない。あれほどに、新宿の喧騒《けんそう》と猥雑《わいざつ》、法の境界線がいとも簡単に突破される街と、そこに蠢《うごめ》く人間たちを活写した作家が、この作品ではなんと生活の臭いのまったくといってよいほど希薄な小説を書いていたことか、と。

なるほど、ここには『新宿鮫』シリーズにあるような〝現在性〟というか、新宿という喧騒猥雑な〝国際都市〟の〝暗渠《あんきょ》〟で展開されているだろうと思わせる犯罪もなければ、主人公鮫島をめぐる警察内部の軋轢《あつれき》もない。鮫島と、恋人のロックシンガー晶や、ゲイバーのマスターらとの人間模様もなければ、凶悪な敵の存在もない。あるものは、なにかすべて透明な感じのする「街」であり「人」だけだ。

だが、そういう疑問も、大沢在昌の小説を〝源流〟に向かって遡《さかのぼ》っていくにしたがって、ああ、これが大沢在昌のハードボイルドの根幹にあるものかと氷解するにちがいない。

一九七九年、「感傷の街角」で第一回小説推理新人賞を受賞し、二十三歳でデビューした大沢在昌は、八三年に上梓《じょうし》した『野獣駆けろ』に著者のことばとして、「人生をゲームとして生きる——そんな男に憧《あこが》れている。暇つぶしに命を賭《か》け、敗者に待っているものが死だとわかっていても笑える男がいい。金もある、女性にも愛される。しかもクールで、闘う理由を問われたら『退屈だったから』と答えるような男だ」と書いているように、主人公たちをとりかこむ〝状況〟——〝現在性〟といってもいい——にはほとんど関係なく、ただただ「理想の男」像を描きだすことに専念してきたといっていい。

大沢在昌にとっては、ハードボイルド小説とはそういうものであったのだ。

レイモンド・チャンドラーによれば、ハードボイルドの主人公は「卑しい街をひとり毅然《きぜん》として行く騎士」ということだが、大沢在昌にとって「卑しい街」とは「粗野な街」というのではなく、男が「人生をゲームとして生きる」にふさわしい「街」、そういう男の相手をするにふさわしい男たちがいる「街」でなければならなかったのだ。

しかも、しばしば「大人の経験」というやつをつきつけられ、背伸びしてその世界に入っていかなければならない「新宿」とちがって、「六本木」は「大人の経験」を拒否することができる街だ。「人生経験」ということでいえば、真っ白な若者同様、真っ白な街だ。だから、大沢小説をお読みになればわかることだが、舞台は「新宿」ではなく「六本木」でなければならなかったのだ。

しかし、人はいつかは「大人」になる。人生の経験をつみ、自分の真っ白な部分を何色かに塗っていく。いかざるをえない。大沢在昌も、実人生の経験をつみ、作家として〝成熟〟していくにつれて、もはや透明な「街」では生きていけないという〝事実〟に直面する。当然、小説の主人公たちも、闘いの動機を問われて「退屈だったから」とだけいってはいられなくなる。

本書『深夜曲馬団』に所収の五つの短編は、そうした〝事実〟に直面した作家が、いってみれば、猥雑な「街」と「人」のなかに入っていくために、透明な「街」と「人」に訣別《けつべつ》することを決意して書いた作品だといってよいのではないか。そのことは、ここに登場する「男」が、いずれも「人生をゲームとして生きる」ことにサヨウナラをいっていることからもうかがえる。たとえば――。

自分が殺した人間と似た顔を見るのが怖くなり殺し屋失格寸前の男と、心臓に死の病をもつ女。人間の存在に興味を失いはじめた写真家。かつて女を愛した写真家は男を被写体にしようとし、いま女を愛している男は写真家を抹殺しようとする。死に至る病の床にある女との別れは、男にとってはみずからの手で死をわけあたえること、写真家にとっては一枚の写真を撮ること。男はライフルで女を狙《ねら》い、写真家は望遠レンズで女を狙うが――「鏡の顔」

かつて政府の裏組織「研修所」に所属し、本名も戸籍も抹殺された存在しない人間で、いまは六本木でバーのオーナーになっている私は、かつての愛人で、個人的復讐《ふくしゅう》と交換に組織とのかかわりを一切絶ってくれた恩人の未亡人にたのまれ、何者かに盗聴器を仕掛けられた軽井沢の別荘へ同行する。彼女の狙いは、生きながら死んでいる私に「敵」をあたえること。「研修所」とCIAの要員が後を追ってくる。彼らの狙いは、隣の別荘で画家と同居している滞日二十五年のKGB女性工作員。彼女は画家を愛して帰国命令を拒否したのだ。CIAは彼女を亡命させようとするが――「空中ブランコ」

　仕事、遊び、あらゆるしがらみから自分を解き放ち、二十年ぶりに帰ってきた田舎の廃屋。逃げたのではない。己れの肉体を試すために、だ。腕立て伏せ、腹筋、ヒンズースクワット、縄跳び、そして、ひたすら走ること。苦しい。虚しい。退屈だ。が、「B面のない人生はない。Bは犠牲にされるべきだ」と信じて生きてきたが、いま、AとBが交代する、その間にいるのだ。どちらがAでどちらがBかを決めるために、走る、そして――「インターバル」

　六本木のジャズクラブのマスター、混血のマービン。裏の稼業は殺し屋。店で歌っている混血のキャサリンが、人売り組織の男とつきあっていると聞くが、キャサリンは組織に誘拐され海外に売られた親友と、その行方を追って殺された恋人の仇を討つためだという。その恋人を殺したのはマービン。キャサリンが近づいた男の属する組織は、マービンの「会」と同じ組織。マービンは男を尾行し、「会」のつなぎ役と争い、キャサリンを連れ出したポルシェを追って――「アイアン・シティ」

　恋人の親友で、カンパニーに狙われている元右翼のボス楓紀望の妻静香に「主人を守ってくれ」と頼まれたプロサーファー赤座雄。

「会」から追われたところを救われたカンパニーに、楓を殺すよう強制され拒否したマービン。カンパニーの現場は「白」と「黒」に分裂している。マービンは「黒」に頼まれて、「白」の殺し屋を倒したのち、彼らが楓を襲撃する現場、山中湖に向かう。楓の別荘。深夜、雄と襲撃者の銃撃戦の中に割って入った「黒」。残された死体は四つ。「その男はどこだ？」と楓。雄が呟《つぶや》いた。「おおかた、闇の国だろ。パーティが終わったから……帰ったのさ」――「フェアウェルパーティ」

と、こんなぐあいに、だ。

五つの短編（といっても、いずれもかなり長い）のうち、「インターバル」をのぞいて後は「殺し屋」が主人公である。彼らはいずれも、得体の知れない、というか国家の裏組織といっても曖昧《あいまい》な組織に属している。いや、属しているというのは正確ではない。統制はされるけれども支配はされないという〝半一匹狼〟といったほうが正解だろう。いや、このなかでは一見異物に思える「インターバル」の主人公も、生活臭の希薄なことでは、他の四編の「殺し屋」となにもかわらない。したがって、彼らをとりまく状況も生活も「透明」である。アクション・シーンはあるにはあるが、それもなにか「透明」な感じがする。

「男」たちがそうなのは、みながみな、もはや「ゲーム」に倦《う》んできているからだ。

「鏡の顔」の男が、「殺した人間によく似た人間を街や写真で見かけるようになって怖くなった」というのは、ハードボイルド小説的粉飾というだけではなくて、「透明」な「街」や「人」にもはや共感をいだけなくなった作家自身の心の〝投影〟ではないか。

こうした「若さ」への断念、「もはや透明では生きられぬ」という断念が、『夏からの長い旅』(85)から『氷の森』(89)をへて『新宿鮫』(92)にいたる作家大沢在昌の充実となってあらわれているのだと、わたしは思っている。

その意味では本書『深夜曲馬団』は、「六本木」から「新宿」へという、大沢在昌における「街」と「人」への関心の変わりようをうかがうには、恰好《かっこう》の作品といってよいだろう。全編の最後を締めた「闇の国だろ。パーティが終わったから……帰ったのさ」というマービンという、どこにも帰属しない男が「鮫島」となっていう雄という若者の言葉は、さまざまな〝異人〟が流入し混在する新宿という街にあらわれることを予感させるのだから。

しかし、それにしてもである。普通ならばこれら五つの短編は、いずれもわたしに「長編」の材料になるだけのものだが、それを惜しげもなく「骨格」だけをえがいてみせた大沢在昌の勇気というか自信には、ただ脱帽するのみである。わたしは、こんど再読して、日本のハードボイルド小説の嫡子といわれる大沢在昌の世界をたっぷりとたのしんだ。読者もまた、心ゆくまでたのしまれたことだろう。

本書は、一九九〇年四月に徳間文庫として、一九九三年六月に角川文庫として刊行された作品の新装版です。

深夜曲馬団《ミッドナイト・サーカス》

新装版《しんそうばん》

大沢在昌《おおさわありまさ》

平成5年 6月10日　初版発行
令和元年 12月25日　改版初版発行
令和6年 4月5日　改版3版発行

発行者●山下直久

発行●株式会社KADOKAWA
〒102-8177　東京都千代田区富士見2-13-3
電話　0570-002-301（ナビダイヤル）

角川文庫 21941

印刷所●株式会社KADOKAWA
製本所●株式会社KADOKAWA

表紙画●和田三造

●お問い合わせ
https://www.kadokawa.co.jp/（「お問い合わせ」へお進みください）
※内容によっては、お答えできない場合があります。
※サポートは日本国内のみとさせていただきます。
※Japanese text only

ISBN 978-4-04-107753-5　C0193

角川文庫発刊に際して

角川源義

第二次世界大戦の敗北は、軍事力の敗北であった以上に、私たちの若い文化力の敗退であった。私たちの文化が戦争に対して如何に無力であり、単なるあだ花に過ぎなかったかを、私たちは身を以て体験し痛感した。西洋近代文化の摂取にとって、明治以後八十年の歳月は決して短かすぎたとは言えない。にもかかわらず、近代文化の伝統を確立し、自由な批判と柔軟な良識に富む文化層として自らを形成することに私たちは失敗して来た。そしてこれは、各層への文化の普及滲透を任務とする出版人の責任でもあった。

一九四五年以来、私たちは再び振出しに戻り、第一歩から踏み出すことを余儀なくされた。これは大きな不幸ではあるが、反面、これまでの混沌・未熟・歪曲の中にあった我が国の文化に秩序と確たる基礎を齎らすためには絶好の機会でもある。角川書店は、このような祖国の文化的危機にあたり、微力をも顧みず再建の礎石たるべき抱負と決意とをもって出発したが、ここに創立以来の念願を果すべく角川文庫を発刊する。これまで刊行されたあらゆる全集叢書文庫類の長所と短所とを検討し、古今東西の不朽の典籍を、良心的編集のもとに、廉価に、そして書架にふさわしい美本として、多くのひとびとに提供しようとする。しかし私たちは徒らに百科全書的な知識のジレッタントを作ることを目的とせず、あくまで祖国の文化に秩序と再建への道を示し、この文庫を角川書店の栄ある事業として、今後永久に継続発展せしめ、学芸と教養との殿堂として大成せんことを期したい。多くの読書子の愛情ある忠言と支持とによって、この希望と抱負とを完遂せしめられんことを願う。

一九四九年五月三日

角川文庫ベストセラー

感傷の街角　大沢在昌

早川法律事務所に所属する失踪人調査のプロ佐久間公がボトル一本の報酬で引き受けた仕事は、かつて横浜で遊んでいた〝元少女〟を捜すことだった。著者23歳のデビューを飾った、青春ハードボイルド。

漂泊の街角　大沢在昌

佐久間公は芸能プロからの依頼で、失踪した17歳の新人タレントを追ううち、一匹狼のもめごと処理屋・岡江から奇妙な警告を受ける。大沢作品のなかでも屈指の人気を誇る佐久間公シリーズ第2弾。

追跡者の血統　大沢在昌

六本木の帝王の異名を持つ悪友沢辺が、突然失跡した。沢辺の妹から依頼を受けた佐久間公は、彼の不可解な行動に疑問を持ちつつ、プロのプライドをかけて解明を急ぐ。佐久間公シリーズ初の長編小説。

天使の牙（上）（下）　大沢在昌

新型麻薬の元締め〈クライン〉の独裁者の愛人はつみが警察に保護を求めてきた。護衛を任された女刑事・明日香ははつみと接触するが、銃撃を受け瀕死の重体に。そのとき奇跡は二人を〝アスカ〟に変えた！

天使の爪（上）（下）　大沢在昌

麻薬密売組織「クライン」のボス、君国の愛人の体に脳を移植された女刑事・アスカ。かつて刑事として活躍した過去を捨て、麻薬取締官として活躍するアスカの前に、もう一人の脳移植者が敵として立ちはだかる。

角川文庫ベストセラー

秋に墓標を（上）（下）　大沢在昌

都会のしがらみから離れ、海辺の街で愛犬と静かな生活を送っていた松原龍。ある日、龍は浜辺で一人の見知らぬ女と出会う。しかしこの出会いが、龍の静かな生活を激変させた……！

ブラックチェンバー　大沢在昌

警視庁の河合は〈ブラックチェンバー〉と名乗る組織にスカウトされた。この組織は国際犯罪を取り締まり奪ったブラックマネーを資金源にしている。その河合たちの前に、人類を崩壊に導く犯罪計画が姿を現す。

命で払え　アルバイト・アイ　大沢在昌

冴木隆は適度な不良高校生。父親の涼介はずぼらで女好きの私立探偵で凄腕らしい。そんな父に頼まれて隆はアルバイト探偵として軍事機密を狙う美人局事件や戦後最大の強請屋の遺産を巡る誘拐事件に挑む！

毒を解け　アルバイト・アイ　大沢在昌

「最強」の親子探偵、冴木隆と涼介親父が活躍する大人気シリーズ！　毒を盛られた涼介親父を救うべく、東京を駆ける隆。残された時間は48時間。調毒師はどこだ？　隆は涼介を救えるのか？

王女を守れ　アルバイト・アイ　大沢在昌

冴木涼介、隆の親子が今回受けたのは、東南アジアの島国ライールの17歳の王女の護衛。王位を巡り命を狙われる王女を守るべく二人はある作戦を立てるが、王女をさらわれてしまい…隆は王女を救えるのか？

角川文庫ベストセラー

諜報街に挑め
アルバイト・アイ
大沢在昌

冴木探偵事務所のアルバイト探偵、隆。車にはねられ気を失った隆は、気付くと見知らぬ町にいた。そこには会ったこともない母と妹まで…！ 謎の殺人鬼が徘徊する不思議の町で、隆の決死の闘いが始まる！

誇りをとりもどせ
アルバイト・アイ
大沢在昌

莫大な価値を持つ「あるもの」を巡り、右翼の大物、ネオナチ、モサドの奪い合いが勃発。争いに巻き込まれた隆は拷問に屈し、仲間を危険にさらしてしまう。死の恐怖を越え、自分を取り戻すことはできるのか？

最終兵器を追え
アルバイト・アイ
大沢在昌

伝説の武器商人モーリスの最後の商品、小型核兵器が行方不明に。都心に隠されたという核爆弾を探すために駆り出された冴木探偵事務所の隆と涼介は、東京に裁きの火を下そうとするテロリストと対決する！

生贄のマチ
特殊捜査班カルテット
大沢在昌

家族を何者かに惨殺された過去を持つタケルは、クチナワと名乗る車椅子の警視正からある極秘のチームに誘われ、組織の謀略渦巻くイベントに潜入する。孤独な潜入捜査班の葛藤と成長を描く、エンタメ巨編！

解放者
特殊捜査班カルテット2
大沢在昌

特殊捜査班が訪れた薬物依存症患者更生施設が、何者かに襲撃された。一方、警視正クチナワは若者を集めたゲリライベント「解放区」と、破壊工作を繰り返す一団に目をつける。捜査のうちに見えてきた黒幕とは？